麦克尤恩作品 | Ian McEwan

Nutshell

坚果壳

[英]伊恩·麦克尤恩————著

郭国良————译

上海译文出版社

献给

罗西和索菲

哦,天哪,要不是我噩梦连连,即使把我关在果壳之中,我依然认为自己是无限宇宙之王——

莎士比亚,《哈姆雷特》

第一章

于是我在这儿，倒挂在一个女人的身体里。双臂耐心地交叉，等待着，等待着，想知道我是在谁的体内，我在这里做什么。我怀恋地闭上双眼，回忆起我如何曾在那半透明的肉囊中漂游，一边如梦似幻地漂浮在思绪的泡沫中，一边在专属我自己的海洋中慢慢打滚，轻柔地碰撞那包裹着我的透明薄膜，深信不疑的薄膜微微震动，与干着卑鄙勾当的密谋者发出的声音共鸣，尽管那声音低沉而模糊。那是在我无忧无虑的青春时代。如今，我已经完全倒转过来，膝盖顶着肚子，周围没有一寸空隙，而我的思维、我的大脑也填塞得满满当当。我毫无选择，我的耳朵整天整夜地贴在那血淋淋的墙上。我倾听着，在脑海中做着记录，同时惴惴不安。此刻我听到意图不轨的枕边细语，对前方等待我的一切，以及我可能卷入的一切，感到深深的恐惧。

我沉浸在空想中，只有它们之间不断孳生的联系才创造出一个已知世界的幻象。当我听到"蓝色"（这是我从未见过的），我会想象出一种接近于"绿色"的心理现象——当然"绿色"也是我从未见过的。我认为自己天真无邪，不必对谁尽忠，也无需承担任何义务，尽管被困于这弹丸之地中，我完全是一个自由的灵魂。没人会反驳或斥责我，我无名无姓，没有先前的地址，没有宗教信仰，不负债，不树敌。我的约会日簿，即使有，也只会记下我即将到来的生日。不管现今遗传学家怎么说，我是，或者说我曾经是，一块白板。不过我是一块湿滑多孔的白板，在教室或村舍的屋顶都毫无用武之地，只能随着日子渐长，自己写上内容，渐渐填满空白之处。我认为自己天真无邪，但我似乎参与了一场阴谋。我的母亲，上帝保佑她那永不止息、怦怦跳动的心脏，似乎也参与其中。

　　是似乎吗？母亲？不，不是似乎。你是参与了。你确实参与了。我自始至终都知道。让我回想那一刻，当我被创造出来、拥有第一缕思维的那一刻。很久以前，许多星期之前，我的神经沟自己闭合，变成脊椎，我那数百万幼小的神经元就像不眠不休的蚕，从尾轴处吐出华丽的金色丝线，编织成我的第一个想法，这一想法如此简单，但如今却有些把我难住了。那是我吗？太自恋了。是现在吗？太戏剧化了。那么是它们的先行词，将它们涵盖在内的、人们在内心叹息或

2

广为接受的、关于纯粹存在的那一个字,譬如——是这吗?太矫揉造作了。所以,较为贴近的是,我的想法是将是。或者,如果不是这个,那就是它的语法变体,是。这是我的原始想法,而这就是关键——是。就那样。本着非此不可①的精神。自觉生活的开端即是幻象的终结,那是虚无的幻象,真实的喷发。是实实在在战胜魔力,是是战胜似乎。我的母亲是卷入了一场阴谋,因此我也是,尽管我的角色也许是挫败这阴谋。或者呢,要是我这个优柔寡断的傻瓜妥协得太晚,那就报仇雪恨。

但面对好运,我不会哭哭啼啼。从一开始,我扯下包裹的锦缎,拆开意识这一我的礼物时,我就知道,我也许会在更糟糕的时间降临在更加不堪的地方。外面的总体情形已十分清晰,与之相比,我家中的危难却是,或者说应该是,微不足道。有许多值得庆贺的事。我将获得现代世界的种种好处(卫生、假日、麻醉、台灯、冬天里的橘子),并居住在这个星球优渥的一角——丰衣足食、没有疫病的西欧。古欧罗巴②,僵化,宽容,鬼魂缠身,任人宰割,唯唯诺诺,是上百万

---

① 原文为德语。
② 欧罗巴,腓尼基王阿革诺耳之女,被化作牧牛的宙斯拐到克里特岛,与宙斯生弥诺斯和剌达曼托斯,后嫁给克里特王阿斯忒里翁。

不幸之人的归宿。我所降生的地方不会是强盛的挪威——我的首选，因为它资金雄厚，社会福利丰赡；也不会是我的第二个选择意大利，因为那里有美食、阳光和帝国衰败；甚至也不会是我的第三选择法国，因为那里有黑皮诺葡萄酒，还有法国人的踌躇满志。我倒是会降生在一个不怎么样的联合王国，它的统治者是一位德高望重的年迈女王，王子是一位实业家，以他的善行、他的灵丹妙药（净化血液的花菜精）和违宪地干预政事而闻名，他心急火燎地等待继承王位。这将是我的家乡，这样行啊。我也可能降生在朝鲜，那里也无需靠竞争来继位，但那里衣食短缺，没有自由。

我，连小不点都算不上，甚至昨天都没出生呢，怎么能知道这么多，或者，怎么能知道如此多的信息，以至于搞错这么多？我有自己的讯息来源，我听呀。我母亲，特鲁迪，当她没有跟她的朋友克劳德在一起时，很喜欢听广播，而且相比音乐，更喜欢听谈话类节目。在网络兴起之初，谁能预见广播的蒸蒸日上，或者说是那个已是明日黄花的词语——"无线"——的复兴？越过肠胃蠕动发出的洗衣机般的咣咣之声，我收听新闻，一切噩梦的源泉。受自虐冲动的驱使，我聚精会神地听人们条分缕析，唇枪舌战。整点和半点的重复播放并不令我生厌。我甚至可以忍受英国广播公司国际频道和它在不同节目之间插播的那幼稚的喇叭和木琴的和声。在万籁俱寂的漫漫长夜,我可能会在半夜狠狠踢我的母亲一脚。她会醒来,难以入眠,会伸手去拿收音机。残酷的把戏,我知道,但在黎明前我们俩又都增长了不少见识。

她喜欢听播客上的讲座,还有提升自我修养的有声读物——十五集的《了解你的酒》、十七世纪剧作家传记,还有各种世界名著。詹姆斯·乔伊斯的《尤利西斯》送她安然入睡,虽然那令我震颤不已。早些时候,当她戴上耳塞,我便能清晰地听到那些声音——声波是如此高效地穿过颚骨和锁骨,穿过全身的骨架,又迅疾地穿透那营养丰富的羊水。就连电视,也是通过声音来播送它那寥寥无几的实用信息的。我的母亲和克劳德见面时,偶尔也会谈及世界局势,谈论时他们往往唉声叹气,尽管他们自己耍尽阴谋,想把它变得更加不堪。我寄居在原地,无所事事,只能让身体和心智慢慢成长,我吸收一切,即使是一些细枝末节——而这样的东西数不胜数。

因为克劳德是一个喜欢重复的人。就喜欢重复。在与一个陌生人握手时——我曾听到过两次——他会说:“克劳德,德彪西·克劳德的克劳德。”他是多么的不得体啊。他是一无所有、一事无成的房地产开发商克劳德。他有了个想法,便大声说出来,然后不久之后又想到了它,然后——为什么不呢?——就再说一次。用这一想法再度震惊四座,这是他获取快乐所不可或缺的。他很清楚你知道他在重复自己说的话。而他无法知道的是,你并不像他那样乐在其中。这,我从一场里斯讲座①中获知,称为指称问题。

以下是一个例子,关涉克劳德的言谈以及我获取信息的方式。他和我的母亲已经在电话里(我两头都能听到)约定了今晚相见。像往常一样,没把我算在内——他们想来一场二人世界的烛光晚餐。我如何知道是"烛光"晚餐的呢?因为当约定的时间到来,他们被引入座位时,我听到了母亲的抱怨声。每张桌子上都点了蜡烛,唯独我们没有。

她的话音刚落,克劳德便愤怒地喘息了一声,傲慢地打了一个响指,然后传来奉承的低语,我猜那是来自一个卑躬屈膝的服务员,然后是打火机的咔嗒声。这是他们的一场烛光晚餐。独缺美食。但他们的大腿上正摊着一本厚重的菜单——特鲁迪那本的底边抵住了我的腰背。现在我必须再次听克劳德重复那些众所周知的菜名,仿佛他是第一次看到

---

① Reith Lecture 为全球最著名的公共教育讲坛,BBC 的当家节目。每年一季,由一个重量级人物做五场讲座,设立该讲座的初衷是为了纪念英国广播公司的首任总裁约翰·里斯。

这些可笑而无关痛痒的名字。他纠结于"平底锅煎"一词。平底锅除了是粗俗且有害健康的煎的代名词还能是什么？人们还会用什么来煎扇贝，撒上辣椒和柠檬汁？用煮蛋器吗？在看下一个菜之前，他又用不同的强调方式重复了多遍。然后，他的第二个最爱，一种美国进口货，"刀切燕麦"。在他开口之前我就已经在做口型，默默说出他即将说的话。就在此时，我的垂直方向有了一丝倾斜，这告诉我那是我的母亲正微微向前倾，把一根僵硬的手指放在他的手腕上，甜甜地将话题岔开："点酒吧，亲爱的。挑一种好的。"

我喜欢与母亲共享一杯酒。你可能从未体验过，或者你已经忘了，一杯优质勃艮第葡萄酒（她的最爱）或桑塞尔白葡萄酒（也是她的最爱）倒入一只健康胎盘的感觉。即使在酒抵达之前——今晚是一杯让-麦克斯·罗杰桑塞尔白葡萄酒——听到软木塞被拔掉的声响，我便感觉似乎有一阵夏日的微风轻拂我的脸颊。我知道酒精会使我的智力下降。酒精令所有人变得呆笨。可是，哦，一杯令人愉悦、让人脸上升起红晕的黑皮诺葡萄酒，或者一杯醋栗味的索维农葡萄酒，能让我在自己的秘密海洋中翻江倒海，在我的城堡墙上飞檐走壁——这座充气欢乐堡就是我的家。或者说是在我拥有比现在更大空间之前，它是我的家。此刻，我静静地享受着自己的快乐，在第二杯酒到来之前，我的思绪绽放出堪称诗歌的花朵。我的脑海中满是优美的五音步诗，每一行诗句都如行云流水，千姿百态。但她没有再喝第三杯，这令我十分受伤。

"我必须考虑孩子，"我听到她一本正经地说，手覆上杯子。就是这一时刻，我想要伸手去抓我那油腻腻的脐带，就像人们会在一所用人齐备的乡间别墅里，狠狠地拉一根天鹅绒绳，召人来服侍自己一样。嘿！再给我们这些朋友来一杯！

可是不行，她爱我，因而克制了自己。而我也爱她——我怎么能不爱她呢？我未曾谋面的母亲，我只能从内部了解的母亲。不够！我渴望见到她的外在！外表就是一切。我知道她的头发是"稻草般的头发"，在"一缕缕野蛮生长的卷发"中打滚，滚落到她"苹果果肉般雪白的肩头"，因为我的父亲曾经当着我的面，大声地将他为她的头发所作的诗朗诵给她听。克劳德也称赞过她的秀发，但他的用词就没有那么别出心裁。一时兴起，她就会编起头发绕在脑后，盘成我父亲所说的尤利娅·季莫申科①式的发型。我还知道母亲的眼

---

① 尤利娅·季莫申科(1960.11.27—)，乌克兰政治人物，以美艳外表和政治铁腕著称，有着"铁娘子"之称。

8

睛是绿色的,鼻子是一粒"珍珠纽扣",她甚而希望自己拥有不止一个这样的鼻子,因为两个男人都很迷恋它,并再三向她肯定这一点。很多人曾告诉她她很美,但她仍对此存疑,这使她有一种天真无邪的魅力,令男人神魂颠倒,这是我父亲在某个下午在书房里告诉她的。她回答说,如果这是真的,那么这是一种她从未追求也不想拥有的魅力。对他们来说,这场对话可谓非同寻常,因此我全神贯注地在听。我的父亲——他名叫约翰——说,如果他对她,或者所有女人,有这样的魅力,那么他无法想象会将它放弃。一阵震颤暂时使我的耳朵离开了子宫壁,据此我推测,我的母亲刚刚使劲地耸了耸肩,仿佛在说,所以嘛,男人是不同的。谁在乎呢?她还大声对他说,无论她应该拥有何种力量,那都是男人在幻想中所赋予的。然后电话铃响了,我父亲走到一边去接电话,于是这场关于谁有力量的罕见而有趣的对话也就再也没有进行下去了。

不过说回我的母亲,我那水性杨花的特鲁迪,她那苹果肉般的双臂与胸脯以及那绿色的令我神往的眼眸,她对克劳德那令人费解的需求先于我的第一缕意识,早于我那原始的是,她经常对他低语,他也时常对她耳语,在枕边,在餐厅,在厨房,仿佛他们都怀疑子宫有耳。

过去,我以为他们的小心谨慎仅仅是恋人之间司空见惯的亲密。但现在我笃定了。他们之所以欣然绕开声带,是因为他们在密谋一桩可怕的事情。如果阴谋败露,我听到他们说,他们就可能万劫不复。他们认为如果要干,那就必须当机立断,迅速行动。他们告诉彼此要冷静、耐心,提醒对方如果计谋流产他们就要付出惨重代价。计划分好几步,环环相扣,只要有一步失败,那么一切必定付诸东流,"就像圣诞树上的老式彩灯"——克劳德的这一比喻令人费解,他平时很少说这样艰深晦涩的话。他们的企图令自己作呕与恐惧,他们绝对不可能直抒胸臆。相反,包裹在窃窃私语中的是省略,是委婉语,是叽里咕噜的困惑,紧接着是清嗓子,是快速转换话题。

上周,一个炎热、令人辗转难眠的夜晚,当我以为他们俩都早已入睡时,我母亲突然向黑暗说了一句话,此时楼下我父亲书房的钟显示,离黎明还有两个小时,她说:"我们不能这么干。"

克劳德立刻直截了当地说:"我们可以的。"然后,片刻的沉思之后,"我们可以的。"

第二章

　　而我的父亲,约翰·凯恩克罗斯,他可是个大块头,我的另一组染色体组就来源于他,因而他命运的跌宕起伏也与我息息相关。只有在我的体内,沿着独立的糖-磷酸骨架这一藏有真我序列的地方,我的父母才能永远交融、共享酸甜。当然,在我的幻想里,他们俩也紧密相依——就像每一个成长在分居家庭中的孩子一样,我无比渴望他们再婚,让他们这一组碱基对牢牢结合,让我的家庭真正与我的染色体组相匹配。

　　我的父亲时常来看望我们,这让我欣喜若狂。有时候,他还会从贾德街上他最喜欢的一家店里为她买来奶昔。他酷爱这类黏糊糊的甜食,指望靠它们延年益寿。可他每次来看我们,到头来都是黯然而归,我都不明白为什么他还如此坚持。之前,我也曾做过许多错误的推测,但在留神细听了一番之后,我暂时有以下几点猜想：他不仅对克劳德一无所知，而且仍深爱着我母亲，希望能尽快和她重归于好，对她的说辞——分居是为了给彼此"成长的时间和空间"，以恢复两人之间的关系——也坚信不疑；他是一位怀才不遇的诗人，但他仍坚持不懈；他经营着一家穷困潦倒的出版社，曾独具慧眼地刊印了数位诗人的处女诗集，可当他们声名鹊起，成为家喻户晓、功成名就的诗人，甚至还有一位摘得了诺贝尔奖桂冠之后，他们便像成年子女一样，一个个弃他而去，搬往了更大的居所；他将这些诗人的不忠视作不可避免的现实，并且像圣人一般，为这证明了凯恩克罗斯出版社的眼光而感到高兴；对于自己在诗歌创作上的失败，他虽悲伤却从不怨愤。他曾向我和母亲大声朗读过一篇针对他的文学评论，文章的字里行间充斥着轻蔑，认为他的作品早已过时、过于刻板正式且"华而不实"。但他仍以诗为生，不仅向母亲背诗，还教诗、评诗，参与培养年轻诗人，担任诗歌奖项的评委，在学校宣传推广诗歌，为不知名杂志撰写诗评，在广播里畅聊诗歌。我和特鲁迪就曾在凌晨时分听到过。他赚钱比特鲁迪少，与克劳德相比更是少得可怜。只不过他能把一千首诗倒背如流。

　　这就是我获悉的事实和猜想。我就像一位耐心的集邮家弓着背细细打量，而最近我又新添了几枚邮票：父亲还患有皮肤病，是牛皮癣，他的手掌也因此脱皮、粗硬和泛红。特鲁迪讨厌他手的样子和触感，要求他戴上手套，但他拒绝了。他在肖迪奇区租了三间陋室，租期六个月；他还欠了债，体重也超标，理应勤加锻炼。就在昨天，我刚刚得到了——仍以邮票作比——一枚黑便士邮票：我母亲现在怀着我住的房子，也就是克劳德每晚都"登门拜访"的房子，是位于鼎鼎大名的汉密尔顿街上的一栋乔治王朝时期的建筑，也是我父亲儿时的住所。在他二十八九岁第一次蓄起胡子的那会儿，新婚不久的他便继承了这一家族宅邸。他的母亲很早之前就过世了。无论在谁眼里，这栋房子都极其脏乱。只有用老掉牙的词来形容它才最贴切：剥落、破裂、年久失修。到了冬天，窗帘有时候会因为结着一层白霜而变得硬邦邦；一旦下起暴雨，排水管就像可靠的银行一样，把之前存着的都连本带利地吐出来；可到了夏季，它们又摇身一变，成了坏账银行，散发出阵阵恶臭。但你别急，我现在用镊子夹着的可是最稀有的一张邮票——英属圭亚那邮票：即使这栋房子已是如此破败不堪，单单是这令人眼馋的六千平方英尺的占地面积就将它的身价抬到七百万英镑。

大多数男人，或者说大多数人，绝不会允许伴侣把自己赶出儿时的住所。约翰·凯恩克罗斯却是个例外。对此我也有自己的合理推测。他天生乐于助人,总想着让大家高兴,为人太过善良真诚,就连背地里也毫无一位雄心勃勃的诗人应有的贪婪之心。他打心眼里相信,只要给我母亲写一首赞美诗(赞美她的眼眸、头发和唇瓣)并大声地朗读给她听就能感动她,就能让她欢迎他回家。但我母亲深知,她的眼眸丝毫不像"戈尔韦的茵茵绿草"(他只是想表达"碧绿"的含义),而且她又没有爱尔兰血统,因而这行诗句对她而言了无意趣。每每听他念诗,我察觉到母亲的心跳都会放缓,厌倦铸成的外膜遮蔽了她的双眼,让她对这一幕的哀痛视而不见——一个宽宏大度的壮实男人正用一首毫不时髦的十四行诗向她苦苦恳求,哪怕毫无希望。

一千首可能有点言过其实。我父亲所熟知的许多诗歌的篇幅都很长,比如银行职员们那些广为人知的作品《萨姆·马吉的火葬》和《荒原》①。特鲁迪也继续忍受着我父亲时不时的诗歌背诵。对她而言,一个人的独角戏好过两个人的交流,也好过再次回转两人间早已荒芜的婚姻。或许她就是想看看,除了愧疚,还剩些什么。曾几何时,我父亲向她念诗显然是两人之间的一种爱情仪式。但奇怪的是,她忍不住

---

① 《萨姆·马吉的火葬》作者罗伯特·瑟维斯和《荒原》作者 T. S. 艾略特都曾担任过银行职员。

要告诉他,他必须有所怀疑而她也必然揭露真相。即她已不再爱他。她已有了情人。

今天的广播里,一位女子详述了一起事故,她在夜间开车行驶在一条荒凉的道路上时,撞到了一条金毛猎犬。汽车前灯直直地照着,她蹲伏在金毛身边,握着它的爪子,金毛的身体因极度疼痛而不断抽搐,几乎奄奄一息。它一直睁着褐色大眼睛,宽容地看向她。而她用另一只空着的手拿起一块石头,数次重重地砸向它的头骨。而摆脱约翰·凯恩克罗斯只需要重重一击,真相的致命一击。然而,当他开始背诵诗歌时,特鲁迪又会装出一副无动于衷的、似是倾听的神情。而我才是在仔细聆听。

我们通常会去父亲在二楼的书房,那里全是诗歌。书房一片寂静,只有壁炉台上的座钟传来摆轮晃动发出的声响。他习惯坐在自己的椅子上,而我,面对着一位诗人,可以尽情地推测遐想。如果父亲为集中思绪而不自觉地望向天花板,就会发现亚当风格①的图案已经磨损不堪,这也使得天花板上的泥灰像糖粉一样不断剥落,洒满了各类名著的书脊。我母亲坐下之前总会用手掸去落在椅子上的灰尘。而父亲在

_____

① 18世纪新古典主义风格,一般指室内设计或建筑。

15

简单的深呼吸后就开口背诵,绝不会先夸夸其谈一番。他背得非常流畅,而且声情并茂。绝大多数的现代诗都无法打动我。它们太过于关注自我,却毫不在意他人,短短一行里充斥着太多的抱怨和牢骚。但是约翰·济慈和威尔弗雷德·欧文的诗歌却像兄弟间的拥抱一样温暖人心。我能感受到他们在我唇上的呼吸和他们的吻。谁不希望自己曾写下苹果、榅桲、李子和葫芦所制成的蜜饯或女孩们面容的苍白将成为他们洁白的棺布?

通过坐在对面的父亲充满爱意的眼睛,我不难想象出母亲的样子。她坐在一把宽大的真皮扶手椅里,这把椅子的年代可以追溯到弗洛伊德所生活的维也纳。她的双腿柔软光洁,她优雅地微微盘着腿坐着。一侧的手肘撑在扶手上,支着她无聊低垂的头,而另一只手则用手指轻轻地敲打着她的脚踝。下午三四点钟总是很热,窗户都开着,窗外传来圣约翰伍德繁忙交通的车流声。母亲似乎郁郁不乐,下唇显得有些干燥。她用柔嫩净透的舌瓣润了润下唇。几绺金色卷发贴着她的脖颈。由于怀着我,她只穿了宽松的浅绿色棉布长裙,颜色比她的眼眸还要淡上几分。因为一直怀着孕,她已经感到疲倦。约翰·凯恩克罗斯看到她的脸颊泛起夏日的红晕,脖颈、肩膀和丰满的乳房呈现出优美的曲线,隆起的肚子满怀着希望,她的小腿因照不到阳光而显得苍白,还有一只光滑白皙的脚露了出来,从大到小的一排脚趾像是全家福里的孩子们。在他看来,她的一切都让她看上去无可挑剔。

可他却看不出她在等他离开,看不出妊娠晚期的她坚持让他住在别处是有悖于常理的。他真的要成为摧毁自我的同谋吗?这个我听说身高有六英尺三英寸的大家伙,有着浓黑短发和强壮臂膀的大块头,居然是个大傻个!他居然真的相信给予妻子她口中所需的"空间"是明智的。空间!她真该进来看看,我这儿最近挤得都只能勾个手指了。我母亲口中所需要的空间,如果算不上是自私、狡诈、残忍的同义词,也至少是丑恶畸形的隐喻。不过,等一等,我爱她,她是我的神,我需要她。我收回我说的话!刚才我是被痛苦冲昏了头脑才说那样的话。我和父亲一样受了她的迷惑。她的美貌、疏离和决心浑然一体,这一点千真万确。

在她的上方,我看到书房那不断剥落的天花板突然掉落了一大片粉尘颗粒,在空中旋转飘浮着,在一小束阳光的照射下星点地闪着光。而倚坐在破旧的棕色皮椅里的母亲也散发出微光。或许,希特勒、托洛茨基或斯大林在维也纳的时候也曾四肢舒展地坐在这把椅子里,那时的他们还只处于未来自我的萌芽期。我认输了。我是她的。如果她提出要求,我也会去肖迪奇区,一边流落街头一边自求生机,而不再需要脐带。我和父亲都陷入了无望的爱。

尽管有各种暗示——她敷衍的简单回应、她的哈欠、她经常的走神——父亲仍是磨蹭到了傍晚才离开,可能心里还抱有留下来吃晚饭的希望。但母亲却一直在等克劳德。最后,她不得不以休息为由逼着他离开,还要把他送到门口。当他犹豫着开口告别时,谁又能对他声音中的哀伤置若罔闻呢。一想到他能为了与母亲多待上个几分钟而忍下所有羞辱,我就感到一阵痛楚。除了他的天性,没有什么制止他做其他人会做的事——先行占了主卧(我和父亲都是在主卧被怀上的),恣意伸展着四肢躺在床上,或是在一团氤氲的水汽中泡澡享受,随后邀请好友前来斟酒畅饮,真正成为自己房子的主人。然而,他却希望靠着自己的善良和对母亲的有求必应来赢回她的芳心。尽管我希望是自己猜错了,但我认为他只会换来双重的落空——母亲仍会因为他的软弱无能而对他不屑一顾,而他所承受的痛苦也比原应承受的还要多。父亲对我们的看望并没有随着他的离开戛然而止,而是渐渐消退。书房里,他留下的悲伤氛围挥之不去,仿佛幻化成了他沮丧的样子,像全息图一般仍占着他的椅子。

我们快送父亲到前门了。这里荒芜且多有破败,常听他

18

们谈起。我听说前门的一处铰链已经和木构件脱开。框缘因为过度干腐而变成了压得紧实的粉末。一些地砖早已不知去向，剩下的一些也已龟裂——乔治王朝的风格，曾经绚丽多彩的菱形图案，是无法被其他图案取代的。缺失或破损的地砖上到处都是装有空瓶和腐坏食物的塑料袋，里面的东西四处洒落，这恰是这栋房子脏乱不堪的最佳象征：烟灰缸的残渣，纸盘上粘着的令人恶心的番茄酱，茶包也面临沦陷，它们就像一小袋谷粮，里面说不定还藏有老鼠或其他妖精。原来的女清洁工早在有了我之前就已悲伤地离开。特鲁迪知道，把垃圾扔进高盖的带轮垃圾桶本不是孕妇要做的事，她大可轻松地要求我的父亲来打扫门廊，但她没有这么做。家务的移交可能意味着家中权利的移交，而她或许想营造一种是父亲对这个家不管不顾的假象。从这个角度来说，克劳德仍是个拜访者，是个局外人，但我曾听他说过，把房子收拾出一个干净的角落将会突显其他地方的脏乱。对我而言，尽管这儿热浪滚滚，但我至少无需忍受恶臭。我母亲大多时候都在抱怨这臭味，不过她也仅是懒散地提两句。毕竟这只是房子破败的其中一个方面罢了。

　　她或许想着，当父亲看到鞋子上的一小团凝乳或是长着钻绿色小毛的橘子时，便会赶紧离开这儿。但她猜错了。前门已经大开着,父亲的一只脚跨过了门槛,另一只脚却还迟迟不肯迈过,而我和母亲就站在门廊里。克劳德十五分钟后就会到,他有时候还会提早。因此特鲁迪心里焦虑,决心要装出一副困倦欲睡的样子来。她现在如履薄冰,正站在一堆蛋壳上,凉鞋下还踩着曾包过无盐奶油的一小张油纸,这更是让她脚底打滑。她过不了多久就会把这一切都告诉克劳德,而且会描述得诙谐幽默。

父亲开口道:"听我说,我们真得谈谈了。"

"没错,但不是现在。"

"我们一直在拖延。"

"我真不知道要怎么跟你说我现在有多累。你根本不能感同身受。我必须躺下休息了。"

"当然。这也是我想搬回来的原因,这样我就能——"

"约翰,求你了,不是现在。我们已经谈过了。我需要更多的时间。体贴一点。我怀着你的孩子,记得吗?你现在不应该这么自私。"

"我不希望你一个人住在这里,我能——"

"约翰!"

当父亲在母亲允许的程度内抱她时,我分明听到他的一声叹息。接着,我感觉到她的手臂挣脱了出来,掰开他的手腕,我猜想还小心翼翼地避开了他那患有皮肤病的手掌,随后她又催着他转身,轻柔地把他往街道的方向推。

"亲爱的,求你了,快走吧……"

在那之后,母亲精疲力竭地斜靠在椅子上,内心满是恼怒,而我又陷入了--开始的猜想。他到底是个怎么样的人?这个大块头的约翰·凯恩克罗斯是我们未来的使者,以人的形象来消除战争、劫掠和奴役,支持男女平等和关怀女性?还是说他会被残暴粗野的人践踏至被人遗忘的境地?我们可要弄清楚。

第三章

　　这克劳德是谁? 这个骗子像条蛆一样在我的家和我的
希望之间蠕动。我曾听说,也留了意:呆瓜土包子。我的前
途一片黯淡。我本可以享受双亲的呵护,过上幸福的生活,
但就是他,剥夺了我本应拥有的这一切。除非我想出个办
法。他勾住了我母亲,赶走了我父亲。我们的利益水火不
容。他会让我粉身碎骨。除非,除非,除非——一句碎语,命
运被更改后的可怕口令,颤抖地吟诵着希望的抑扬格,从我
的脑海中一闪而过,就像飞蚊症患者浑浊的玻璃体中的漂浮
物一样。一线希望而已。

　　而克劳德,就像一只飞蚊,简直是个天外来客。他甚至
不是一个出众的投机分子,也不像是个谄笑的无赖。相反,
他迟钝绝顶,死气沉沉,毫无创意,平庸乏味得如同蓝色清真
寺的阿拉伯式花纹。此人老是吹口哨,吹的不是正经的歌
儿,而是电视广告里的小调和手机铃声。每天早晨,他都要

来上一曲,模仿诺基亚中的塔雷加经典歌曲。他无病呻吟,老调重弹,蠢话连篇,唾沫星子横飞,那一句句贫瘠的话语就好像没妈的小鸡一样死去,十分廉价,渐渐消散。他用我母亲洗脸的那个盆来清洗他的下体。他只知道服装和汽车。早就告诉我们不下百遍了,他绝对不会买,甚至开都不会开这种,或者这种,或者混合动力车,或者……或者……他买西装只去这条,哦,不,那条梅费尔街①,衬衫是在另外一条街,袜子是在,他想不起来了……要是……但是。其他人说话都不会以"但是"结尾。

那乏味无常的嗓音。他吹口哨、他说话,我的整个说话都在忍受这双重折磨。到现在我还不用见他,但那很快就会改变。在昏暗、血淋淋的产房(特鲁迪,我的母亲已经决定让克劳德,而不是我的父亲,进产房),当我终于来到这个世界跟他照面的时候,不管他是个什么样子,都打消不了我的疑问:我母亲在干什么?她能指望什么?她召唤克劳德是为了说明爱欲的神秘?

并不是每个人都知道,你父亲情敌的阳物快碰到你的鼻尖是个什么滋味。在孕期的最后阶段,他们应该为了我而克

---

① 位于伦敦西区,以高档购物街闻名。

制才行。如果这不算医嘱，也是出于礼貌。我闭上眼睛，我咬紧牙关，我紧紧地贴着子宫壁。他们行云雨之时的"强气流"足以把波音飞机的机翼给震下来。母亲惊天动地的尖叫声刺激着她的情人，鞭策着克劳德愈战愈勇。飞车走壁！每一次，每一次活塞运动时，我都怕克劳德的阳物破壁而入，拨弄我柔软的脑壳，用他的精华，用他多产的迂腐气，在我的思维里播种。这样，我的脑子就坏掉了，想的和说的都跟他一个样儿了。我就成了克劳德的儿子了。

但宁可将我困在无翼波音飞机里，坠毁于大西洋中央，也不要让我多看一出克劳德的夜间性交前戏。我就在这儿，前排正中间，尴尬地上下颠倒着。这是个小成本制作，寒碜的现代剧，两个演员。灯全亮了，克劳德登台亮相。是他自己想宽衣解带，而不是我母亲。他将衣服整齐地叠放在一张椅子上。他全身赤裸，就像会计师穿着制服一样平淡无奇。他在卧室里走来走去，入镜，出镜，光着身子，细声细气地自言自语：他得去寇松街把生日时阿姨送的那块粉色香皂退掉；他曾经有过一个梦想，不过现在几乎忘了；柴油的价格；今天感觉像是周二。但不是。每一个美妙的新话题总会哼哼唧唧地应运而起，颠两步，然后倒向下一个。我母亲呢？在床上，盖着床单，衣服脱了一半，全神贯注听着，随时应和着哼一声,同情地点点头。只有我知道,在睡衣下,她的食指蜷曲在那端庄的阴部上,甜蜜的半英寸戳进了里面。她轻轻地摇动着食指,这时她可以让出一切并且献出自己的灵魂。我想,这样做一定很过瘾吧。是的,她叹了口气,喃喃低语道:她也觉得那肥皂不对劲;是的,她的梦想也过早夭折了;她也以为今天是周二。但没有说柴油——谢天谢地。

克劳德的膝盖压上了那不忠的床垫。不久前躺在上面的还是我的父亲。特鲁迪那了不起的大拇指一勾,勾掉了她的内裤。克劳德进来了。有时候,他唤她小老鼠,似乎是在讨她欢心,但是没有亲吻,没有触碰或者爱抚,或者低语,或者承诺,没有爱惜地舔舐,也没有嬉闹的白日梦。只是床嘎吱嘎吱的响声越来越快,直到最后我的母亲到场,玩起"飞车走壁",开始尖叫。你可能知道这个游乐场老式吸睛玩点吧。转起来,速度提上去,离心力就会把你钉在墙上,而你身下的地面会眩晕着往下坠落。特鲁迪转得越来越快,她的脸就像草莓拌奶油,还加点绿当归,那抹绿是她的眼睛。她越叫越响,然后,在她最后一次起起伏伏的尖叫战栗后,我听到克劳德突然像卡住一样哼哧了一声。最简短的停顿。克劳德退了出去。床垫又沉了下来,他的声音又响了,这次是从浴室传出来的。又说了一遍寇松街,或者说以为今天是周二,或

25

者津津乐道地分析诺基亚铃声。那一幕，最多三分钟，不重复。经常在这时，母亲会进浴室加入他，两人谁也不碰谁，用有净化功效的热水将对方的痕迹从自己身体里擦除。没有柔情，没有醉倒在情人温柔乡的小寐。在这轻快的沐浴之中，思维已经被性高潮擦得透亮，话锋就常常转到了那个阴谋上，但房间里有回声，水龙头里哗哗地流着水，我没听清他们的话。

这也是为什么我对他们的计划所知甚少。只知道一说起这个他们就很兴奋，压着声音，即使是在他们以为的独处情况下。我也不知道克劳德姓什么。他是个房产开发商，不过不像大多数同行那么成功。他曾短暂地拥有了卡迪夫的一座高楼，赚了一笔，算是事业的顶峰了。有钱吗？继承了一笔七位数的遗产，不过快败光了，似乎只剩最后的二十五万了。他大约十点离开我家，六点以后回来。我有两点相悖的看法：一，在这迟钝的躯壳下潜伏着一种更坚定的个性。如他这般无趣简直难以置信。或许更滑头、阴险和精于算计的他藏在暗处。他是一个男人，又是一项工作，是个自我构建的器械，是个昧着良心欺骗的工具，即使与特鲁迪沆瀣一气，也不忘在她背后捅一刀。二，他就是像他表现出来的那样，像个没肉的鸟蛤。他和她一样是个如假包换的阴谋家，只不过更愚蠢些。对我母亲而言,她宁愿相信一个不到三分钟就可以把她扔过天堂之门的男人。不过,我还是不过早下定论。

我通宵达旦地等待,等待他们更加纵情地奏起黎明曲,希望从中可以发现更多。最开始让我怀疑克劳德是否真的这般愚钝的是他那句不同寻常的"我们可以"。五天过去了——一无所获。我把母亲踢醒,但她不肯打搅她的情人。恰恰相反,她往自己的耳朵里灌播客讲座,臣服于互联网的神奇。听的内容是随机的。我都听到了。在美国犹他州养蛆。在巴伦远足。希特勒最后一次进犯阿登山区。亚诺玛米人的性礼仪。波焦·布拉乔利尼①如何让已被世人遗忘的卢克莱修重现世间。网球物理学。

我醒着,听着,学着。今早早些时候,离破晓不到一个小时,讲的是比平常沉重的话题。透过母亲的骨头,我遭遇了一个噩梦,不过这个梦伪装成了一场一本正经的讲座。世界局势。演讲者是一位国际关系专家,一个通晓事理的女人,她的嗓音醇厚深沉,她告诉我这个世界不太好。她认为有两

① 波焦·布拉乔利尼(1380—1459),意大利知名学者、文学家、哲学家、政治家。他曾在今天位于瑞士、德国和法国的一些修道院里发现了包括卢克莱修等古代著者的作品。

27

种普遍的思维状态：自怜和好斗。对于个人来说，这两个都不是好选择。而两者结合，就团体或者国家而言，酿的是剂毒药。最近荼毒了俄罗斯人，进犯乌克兰。俄罗斯人过去还是有朋友的——塞尔维亚就站在他们那边。我们曾经被人小看，现在我们将证明自己。既然俄罗斯为有组织的犯罪提供政治庇护，另一场欧洲之战也是指日可待了——坦克师扬尘立陶宛南部边境，进犯北德平原。这剂毒药也给伊斯兰教的野蛮边缘势力煽风点火。杯盏已空，同样的呼声日渐高涨：我们受辱了，我们要雪耻。

这位演讲人对我们人类这一物种持悲观态度。她认为精神变态在人类中占恒比，一直存在。武装斗争，正义的或是非正义的，都吸引着这群人。他们推波助澜，把局部斗争闹成更大的冲突。据她所说，欧洲正处在生存危机之中，既暴躁又脆弱，形形色色自怜自负的民族主义在啜饮着同一配方的"佳酿"。价值观混淆，反犹太主义的杆菌渐渐滋生，大量移民在受苦受难，既愤怒又厌倦。其他地方、每一个地方，出现了新的贫富差距，超级富人成了优等一族。国家出奇招研发新式先进武器，跨国公司耍花样逃税，"正直"的银行使出浑身解数在圣诞季赚得盆钵满盈。中国，已经强大到不需要朋友和进言，恣意刺探邻国的海岸，建造热带沙滩岛屿，筹划它知道终将来临的战争。穆斯林国家饱受清教主义、性病、乏力创新的困扰。中东,世界大战的火药桶。美国,作恶多端,成为众矢之的,绝非世界的希望。它神圣的宪法还是在戴着擦粉假发的时代孕育的,如同《可兰经》一般不可动摇,而如今的美国,在这宪法面前已束手无措。它的子民惴惴不安,肥胖臃肿,忧心忡忡,被不可名状的愤怒折磨,被盛气凌人的治理压迫,每一把新手枪都可能带走沉睡中的生命,搞得人心惶惶。非洲还没有学会民主的政党把戏——和平的权力交接。每周,成千上万名孩童死于物资的匮乏——干净的水、蚊帐、便宜的药品。还有那些老掉牙的事实——气候变化、森林锐减、生物灭绝、极地冰雪消融——都算到了人类的头上。还有,有利可图却有毒的农业摧毁了生物之美;海洋成了弱酸性;已经显现并加速向我们袭来的带尿味的海啸——加剧的老龄化、癌症发生率、精神失常,这些都要求高水平的医疗。不久,随着逆向的人口转型,人口数量将灾难性地减少。言论不再自由,自由民主不再是注定的归宿,机器人偷走工作,自由与安全展开肉搏,社会主义名誉扫地,资本主义腐败透顶、极具毁灭性且声名狼藉,我们看不到选择。

　　总之,她说道,这些灾难都是我们相生相伴的两种天性——聪明和孩子气——的杰作。我们一手缔造的这个世界过于复杂、危险，我们本性中的这对欢喜冤家已应对不了这一局面。在这样的绝境中，人们通常只能祈祷神迹。第二次理性时代已步入垂暮。我们辉煌过，但现在我们注定灭亡。二十分钟。嘀嗒。

我焦虑地拨弄着脐带，就好像大人着急时拨念珠一样。等一等，我暗自思忖。我马上就要成为一个真正的孩子了，孩子气怎么了？这类讲座我听多了，已经学会引用那些反驳的观点。对各地的知识分子来说，悲观主义唾手可得，甚至美妙绝伦，是他们的徽章和荣耀。我们用戏剧、诗歌、小说和电影中的阴暗想法刺激自己。现在，轮到用评论来激励我们了。我们为什么要听信这种悲观的论调？现在，人类正前所未有的富裕、健康、长寿；现在，越来越少的人死于战争，越来越少的胎儿早夭——科学带来了更多的知识、更多的真理，而从前这一切都付之阙如；现在，我们柔软的同情心与日俱增——对孩子、动物、异教、未知、遥远的外国人；现在，几亿人脱离了不幸的生活；现在，在西方国家，即使是中等贫穷者也可以倚靠着扶手座椅，陶醉于音乐之中，在平坦的高速公路上疾驶，速度是飞驰骏马的四倍；现在，天花、小儿麻痹症、霍乱、麻疹、高婴儿死亡率、文盲、死刑、常规酷刑等已经在诸多国家消失，而不久之前，这些还到处肆虐；现在，太阳能电池板、风力发电厂、核能以及种种未知的发明将把我们从二氧化碳的污秽中解放出来，转基因作物将让我们无需再面对化学耕作带来的灾难，也能让那些最穷困的人免于挨饿；现在，全世界的人都在涌向城市，于是大片大片的土地归于荒原，出生率降低，女性不再遭受无知村落族长的迫害，我们为什么还要听信这种悲观的论调？如今那些司空见惯的"奇迹"——无痛牙科治疗、电灯，与我们爱的人随时联系，随时聆听世界上最好听的音乐，随时品尝十几种文化的美食——体力劳动者都可享受到，却能羡煞奥古斯都大帝。特权和欢愉让我们沾沾自喜，却也抱怨连连，即使那些现在还不像我们这样的，很快也会加入我们的队伍。至于说俄罗斯人的那段，那时也这样说过天主教统治下的西班牙。我们以为西班牙的军队会直捣我们的海岸。但像很多事情一样，那并没有发生。那场危机最后被几艘火船和得力的风暴解决了，那场风暴让西班牙无敌舰队在苏格兰最北部直打转。我们将始终被各种事态所困扰——这与意识这一艰难的天赋如影随形。

　　这只是对我即将拥有的这个黄金世界的一首赞美诗。在监禁中我已鉴赏了形形色色的梦。谁知道什么是真的？

31

我无法自己搜集线索。每一个论断都与另一个相符或被另一个否定。像其他人一样,我会取我想要的,适合的我都要。

但是这些思索让我分了神,我已经错过了他俩的第一句话,我一夜未眠就是为了听这个啊。黎明之曲。闹钟还有几分钟才响。克劳德喃喃说了些什么,母亲回答了,之后他又说了些什么。我转了个方向,耳朵贴着子宫壁使劲听。我感觉到床垫一阵摩挲。一夜温存。克劳德想必已经坐起身来,正在脱他睡觉穿的那件 T 恤。我听他说下午要去见他的兄弟。他之前提过这位兄弟。那时我该多留个心眼的。但是他俩的对话渐渐让我觉得没劲——钱、账户、税、债。

克劳德说:"他所有的希望都押在那个要与他签约的诗人身上了。"

诗人?世界上不太有人与诗人签约,我只知道一个。就是他兄弟?

母亲说:"哦,是的,这个女人。忘了她叫什么。写猫头鹰的。"

"猫头鹰!是个很火的主题!但是今晚我得见见他。"

她慢悠悠地说:"我觉得你不该去。现在不行。"

"我如果不去,他会再来这儿的。我不想他来打扰你。但是。"

32

母亲说："我也不想。但这得用我的方式解决。慢慢来。"

一阵沉默。克劳德从他的床头柜上拿过手机，提前关掉了闹钟。

最后他说："如果我借钱给他，会是个很好的掩饰。"

"但不要太多。我们肯定是要不回的。"

他俩大笑起来。随后克劳德吹着口哨向浴室走去，母亲翻了个身，继续睡觉，留下我待在黑暗中，直面这可恶的事实，思忖我的愚蠢。

第四章

当我听到过往的车辆发出友好的嗡嗡声,听见微风搅动树叶的哗哗声——我相信那是七叶树的叶子——我下方的手提收音机里传出微弱的、带铁质的刮擦声,当漫长的热带黄昏泛着珊瑚红的晚霞之光,影影绰绰,隐隐照亮我的这片内陆海以及海里浮着的无数碎片,我就知道母亲正在父亲的书房外的阳台上晒日光浴。我还知道雕着华丽的橡树叶和橡子纹饰的铸铁栏杆仅靠着多年的几道黑漆黏固在一起,靠不得。悬臂支撑的平台,混凝土都脆落了,已经被宣告有安全隐患,就连无意接这维修活的建筑工人也这么认为,而我母亲就坐在那里。阳台很窄,折叠躺椅只能斜过来放,差不多和房子平行。特鲁迪裸着脚,穿着比基尼上装和几乎容不下我的牛仔超短裤。粉红边框的心形太阳镜和草帽成为这身行头的压轴之笔。我之所以会知道这些,是因为我的叔叔——我的叔叔!——之前在电话里问她穿了什么。她就这样轻佻地告诉了他。

几分钟前,收音机里播报了四点钟。此刻,我们俩正在分享一杯,也许是一瓶,马尔堡长相思干白葡萄酒。这可不是我的首选,同种葡萄酿造,青草味再淡一些的,我会选桑塞尔白葡萄酒,最好产自夏维诺。带燧石矿物味道的酒可以缓解日光直射,抵挡从开裂的墙体反射出来的、像锅炉那样的高温袭击。

但是,我们现在在新西兰,它在我们体内,比起过去那两天,我现在比较开心。特鲁迪用冰块给酒降温。对此我没什么意见。我生平第一次领略了颜色和形状,因为我母亲的上腹朝着太阳,所以,我就像在摄影师泛着红光的暗房里,模模糊糊地看出在我面前的一双手,脐带在我的肚子和膝盖上缠了一道又一道。我发现我得剪指甲了,尽管我离出生还有两星期。我乐意这样去理解:她待在户外,是为了获得保证我骨骼发育所需的维生素 D,她把收音机的音量调小,是为了更好地感受我的存在,她用手抚摸着相信是我脑袋所在的位置,这是关爱的表现;但是,她也可能只是想晒一身古铜肤色,天气热得听不进莫卧儿皇帝奥朗则布的广播剧,她也可能仅仅是在用指尖抚平怀孕晚期肿胀的不适感。简而言之,我不确定她爱我。

35

三杯酒喝下去,并没有解决任何问题,没有消除近来的一些发现给我带来的痛苦。尽管这样,我还是感觉到一丝分身的舒适感:我已经抽离出来,隔了好几步,看到我自己在大约十五英尺下方,就像一个坠落的登山客,四肢展开、仰卧在一块岩石上。我开始能理解自己的处境了,我能思考,也能感觉了。一个随和的新世界的白人,至少可以做到这个吧。没错。我的母亲钟情我父亲的弟弟,背叛了她的丈夫,毁了她的儿子。我的叔叔偷了他哥哥的妻子,欺骗了他侄子的父亲,无耻地侮辱了他嫂子的儿子。我父亲生性对人不设防,而我受制于现下的环境,也无法对人设防。我叔叔——与我有着四分之一相同的基因组,与我父亲有着二分之一相同的基因组,但他与我父亲的相似程度,不会比我跟维吉尔或者蒙田多。我体内哪一处恶心的部分是克劳德?我又从何得知?我也可以是我自己的兄弟,就像他欺骗他的哥哥那样欺骗我自己。我生下来后,一个人的时候,我会想挥起一把菜刀捅向那四分之一的自己,但是执刀的人也会是我的叔叔,他占着我四分之一的基因。那么,我们会发现刀动不了。这个想法也或多或少是他的,这个想法。

　　我和特鲁迪之间的关系可不太妙。我以为我可以理所当然地认为她爱我,但是我曾经在清晨听到生物学家的辩论。身怀六甲的母亲必须和她子宫里的房客做斗争。大自然——她本身也是母亲——指定她要争夺资源,保证我未来的兄弟姐妹这些对手的生存所需。我的健康源自特鲁迪,但是她又必须保护自己免受我的伤害。所以她又为何要来顾及我的感受呢?如果让我营养不良,对她和某个还未受孕的小子有益,那么她和叔叔幽会干扰到我又怎样?她何必来迁就我?生物学家还认为,我父亲最明智的举措是设法让别的男人来抚养他的孩子,同时他——我父亲!——在其他的女人那里撒播种子。如此惨淡,如此绝情。这样一来,我们就成了孤身一人,我们所有人,甚至包括我,每个人在荒凉的公路上跋涉,肩上的棍子扛着成捆的计谋和流程图,在浑然不觉中前进。

如此沉重,怎生负荷?如此惨淡,又怎么可能是真的?这世界为何如此严酷?别的不说,人们都友善又随和。成熟不是一切。我母亲不只是我的房东,我父亲想要的可不是四处播种,而是自己的妻子,他肯定还想要自己唯一的儿子。我不信研究生命科学的专家口中的那套理论。他一定是爱我的,他一定想要搬回来,他一定会疼爱我的——如果他有这个机会。而她还从来没有让我错过一顿饭,到今天下午为止,她为了我而得体地不再碰第三杯酒。不是她的爱在消失,是我的爱在消失。是我的怨怼挡在我们之间。我可不会说我恨她。但是为了克劳德而放弃一个诗人,尽管是个平庸的诗人!

这很糟糕,同样糟糕的是这个诗人还很软弱。约翰·凯恩克罗斯被扫出家门,那房子还是他祖父买下的,而这一切的名义是为了"个人成长"——就如同"不吵人的音乐"这个说法一样是个悖论。分开才能在一起,背过身去才能拥抱,停止相爱才能坠入爱河。他居然相信这一套。真是个傻瓜!在他的软弱和她的欺骗之间是一道泛着恶臭的裂缝,从中冒出了我叔叔这条蛆。而我蹲在这里,封裹在我私人的生命里,在持续的湿热难耐的幽暗中,不耐烦地做着梦。

反之,如果我在巅峰状态,我可以做些什么?比如说二十八年之后,我穿着褪了色的紧身牛仔裤,腹肌紧实而有线条,像黑豹一样敏捷,那段打不死的年龄。我叫了辆的士把年暮的父亲从肖迪奇区接来,把他安置在他的书房里、他的床榻上,对特鲁迪发出的女主人的抗议充耳不闻;揪住叔叔的脖子,把他扔进汉密尔顿街落叶堆积的水沟里;在我母亲的后颈漫不经心地一吻,让她安静下来。

但生活最苛刻的真相是——永远是此时,永远是此地,从来不是彼时和彼刻。而此时我们正在伦敦的热浪中炙烤,置身于一个岌岌可危的阳台上。我听到她又倒满酒杯，放入冰块，她轻轻地叹息了一声，透着焦灼而不是满足。这可是第四杯了。她一定觉得我够大了，受得了。我是够大了。我们喝醉了，而她的情人此刻正在凯恩克罗斯出版社那四壁无窗的办公室里和他的哥哥商量着事情。

为了排遣心情，我浮想联翩，欲一窥他们俩的秘密。纯粹是想象力作祟。这里发生的一切都不是真的。

一笔软贷款摊在堆满了东西的桌面上。

"约翰，她真的爱你，但她托我作为一个可靠的家庭成员来转告你，希望你离开一小段时间。为了你们的婚姻着想。呃。一切最后都会好的。我早猜到你欠了房租。但是，拜托，答应吧，收下这笔钱，给她点空间。"

他们之间的桌面上码着五千英镑，脏兮兮的五十镑面值，五沓臭烘烘的红色纸币。两边是诗集和打印的稿纸，随意地堆放着，几支削尖的铅笔，两个堆满烟头的玻璃烟缸，一瓶苏格兰威士忌，口感柔和的都明多，还剩了一英寸的余量，一个玻璃杯里，有只死苍蝇粘在内壁，一张没有用过的纸巾上有几片阿司匹林。一派勤恳工作的邋遢景象。

我猜想的情况是这样的：我父亲从来都不理解他的弟弟。也从来不觉得这值得费力去理解。约翰不喜欢对抗。

39

他不会去看桌上的那些钱。他不会想到要向他弟弟去解释，他唯一想要的是回家和妻子、孩子在一起。

他没有这样做，而是说："这是昨天到的。你想要听一听关于猫头鹰的诗吗？"

就是这种文不对题的突发奇想，克劳德打小就讨厌。他摇着脑袋，不，放过我吧，但已经迟了。

父亲带癣的手里拿着一张打印的稿纸。

"与血有关的致命的更夫，"他开始念了，他喜欢三步扬抑格的诗歌。

"那么你是不想要钱了，"他的弟弟愠怒地打断他。"我无所谓。"他用银行家的蠕虫般的手指收起钱，在桌面上轻轻拍打着纸币的边缘，也不知从哪里掏出一根橡皮筋，然后迅速将钱塞回到他那件有银色扣子的夹克内袋里，他站起身来，一脸的焦躁不安。

父亲不慌不忙地念出第二句，"在尖利的残酷面前，我们古怪地颤栗着。"然后停下来，和颜悦色地问："你得走了？"

再细微的观察，也无法破解在这样的对话中流露出的兄弟间情谊的疏淡，以及此时此刻的那点哀伤。两人交流的频率、规则早已定下，不容修正。克劳德比较富有这回事一定不能被承认。他仍旧是那个弟弟，能力不足，被压制着，愤愤不平。这个与他最亲的家人让我的父亲感到困惑,但也仅仅是微弱的困惑罢了。他绝不会从他的立场上退让,这个立场所坚持的一切,听起来似乎带有嘲讽的味道。但他没有这个意思。这比嘲讽还糟糕呢:他不在乎,他甚至不知道自己不在乎。房租、钱,以及克劳德的援助,他都不在乎。但他终究是个周到的人,所以他礼貌地站起身,把访客送了出去。做完了这些,他又坐回了办公桌前,之前放在那里的钱和克劳德都被抛到了脑后。铅笔又回到了父亲的手中,另一只手夹着根烟。他要接着做唯一有意义的事,为印刷厂校审诗歌。他会埋头干到六点钟,然后才会喝杯兑水威士忌。当然他会先掸去杯子里的那只苍蝇。

仿佛经历了一场长途旅行,我回到了子宫里。阳台上一切照旧,除了我发现自己已经成了一个小醉鬼。特鲁迪将瓶子里的酒都倒进了杯子,像是在欢迎我回来。冰块已经不冰了,酒差不多是温的,她这么做倒是对的,还是现在喝掉好,不能放太久。微风仍旧吹拂着七叶树,下午的交通开始繁忙起来。太阳渐渐落下去,天气更热了。但我无暇顾及天气的炎热。最后一点白苏维翁灌进来,我又陷入了思考。我离开过,不借助梯子或绳子,就翻越了铁丝网,逃了出去,像鸟一样自由,抛下了此时此地的我。限制我的现实并不是真实

41

的：我可以随心所欲地离开，可以把克劳德赶出这屋子，可以去我父亲办公室看望他，可以做一个深情却隐形的窥探者。电影有这么精彩吗？总有一天，我会知道的。人们甚至可以靠编写这样的神游来谋生了。但真实发生的、制约重重的现实也很吸引人。我焦急地等待着克劳德回来告诉我们到底发生了什么事。我想象的版本肯定是错的。

我母亲也急不可待地想知道。如果她喝下去的酒不是给两个人的，如果我没有分担一部分，她肯定就醉瘫在地板上了。二十分钟后，我们进了房间，穿过书房，上楼去卧室。光着脚在这房子里走可得小心。突然，我母亲尖叫了一声，有什么东西在她的脚下嘎吱作响，我们摇晃着扑向楼梯扶手。站稳了她才停下来检查她的脚底。她喃喃咒骂着，还算镇静，想必是流了血，但没有很多。她一瘸一拐地穿过卧室，或许还在污迹斑斑的米白色地毯上留下了一串血迹，地毯上四散着弃置的衣服、鞋子，以及怀上我之前的旅行带去的箱子，半开着。

我听得出我们是进了有回声的浴室，这里又大又脏，一片狼藉。她拉开一个抽屉，不耐烦地翻着里面的东西，搞出一阵响动，又打开另一个，最后在第三个抽屉里找到了膏药胶布。她坐在浴缸的边缘，把那只可怜兮兮的脚搁到膝盖上。咕哝和愤怒的喘息声表明,伤口在一个她够不到的地方。我要是能在她面前蹲下来帮她就好了。虽然她年轻苗条,但是有我这个大块头挡着,向前弯身可不是那么容易的事。于是她觉得最好还是清出一块地方,在硬砖地上坐下来,倒稳当些,但这样也不容易够到。都是我的错。

就在我们忙乎这个事儿的时候,听到了克劳德的声音,从楼下传来的叫声。

"特鲁迪! 噢,天哪! 特鲁迪!"

噔噔噔,急促的脚步声,他再次喊起她的名字。然后,卫生间里就有了他粗重的喘息声。

"我被一块破玻璃割伤了脚。"

"卧室里到处都是血,我还以为……"他没有告诉我们他希望我死掉,而是说:"让我来,是不是该先清理一下伤口?"

"把它贴上。"

"别动。"现在咕哝着倒抽气的人是他了,他说道,"你在喝酒?"

"滚。把它贴上。"

最后总算完事了,他扶她站了起来。我们一起晃着。

"天啊! 你喝了多少?"

"就一杯。"

她又坐到了浴缸的边缘。

他走开，进了卧室，一分钟后又回来了。"地毯上的血迹再也去不掉了。"

"试试用什么擦擦。"

"我告诉你，擦不掉了。你看，这里有块血迹。你自己试试看。"

我很少听到克劳德说话这么直接，从"我们可以的"之后就没听到过。

母亲也听出了异常，问："怎么了？"

他的声音里透着抱怨。

"他拿了钱，没有谢我。听着，他已经通知了肖迪奇区的那处公寓，他要搬回这里。无论你怎么说你不需要他，他还是说你需要。"

浴室的回声渐渐消失。除了呼吸声，他们在静默中忖度。我猜他们正注视着彼此，在探究彼此的内心。这是一个悠长而意味深远的凝视。

"事情就是这样，"最后他说道，他的话一贯这样言之无物。等了一会儿，又说道："你说呢？"

这时候我母亲的心跳开始平稳加速，不仅仅加快了，声音也放大了，就像出故障的水管发出的空洞的敲打声。她的肚子也有动静。肠子松了,发出吱吱的声响,高一些的地方,在我脚上方,液体沿着弯曲的管道疾驰而下,流向陌生的终点。她的横膈膜上下起伏。我把耳朵更加紧地贴住子宫壁。声音越来越大,错过任何一条至关重要的信息都是很容易的事。

身体扯不了谎,但脑子却可以。末了我母亲开腔了,语调平和,控制得不错。"我同意。"

克劳德凑近了些,柔声地,几乎是在耳语。"但是,你是怎么想的?"

他们吻了起来,她开始颤抖。我能感到他的双臂环住了她的腰。他们无声的舌头再度交缠。

她说,"心慌慌。"

他用两人之间一个私密笑话里的词接口道,"毛茸茸。"

但他们没有笑。我感觉到克劳德的下体顶住了她的。他们竟然在这种时候情欲高涨!我知晓的事太少了。她摸到了他的拉链,拉开、抚摸,他的食指在她的牛仔短裤底下勾了起来。我的前额受到一阵一阵挤压。我们会上楼吗? 不,谢天谢地,他继续问他的问题。

"决定吧。"

"我害怕。"

"但是要想想,六个月后,住在我的房子里,银行里有七百万,把孩子安置在某个地方。但是,哎,到底要怎样?"

他的这个现实的问题让他冷静了下来,他抽回手指。她已经平静下来的脉搏又因他的问题而加速跳动。这次不是因为性爱而是危险。她的血液撞击着我,就像是远方的炮火,我能感受到她在纠结,想要做一个选择。我是她身体里的一个器官,和她的思想密不可分。她将要去做的事情,我也是参与者。最后,她说出了她的决定,她轻声下了指令,她口中蹦出了那个单个的阴险的词,这一切似乎都是从我这张从未开口过的嘴里发出来的。他们再一次接吻,她对着情人的嘴说了出来。我这个婴儿的第一个词。

"下毒。"

第五章

　　自我中心主义是多么适合未出生的婴孩。特鲁迪光脚躺在客厅的沙发上，在睡梦中消化了我们喝下去的五杯酒，此时，我们那肮脏的房子渐渐向东坠入沉沉黑夜，而我却在思考我叔叔说的"安置"以及我母亲说的"下毒"。就像俯身在唱机转盘上的DJ，我尝试抓取这一句：而且……我们把婴孩安置在某个地方了。重复多遍后，每个词都被擦得如真理般透彻，我被安排的未来清晰得闪闪发亮。安置不过是抛弃的虚假同源词。而那个孩子就是我。某个地方也是骗人的。无情的母亲！这将是一种毁灭，我的沉沦，因为只有在童话里没人要的小孩才会成为孤儿被养大。剑桥公爵夫人不会收容我。我的思绪在自怜自哀中独自驰骋，落到了那座冷酷塔楼十四层的某个地方，我母亲说她时常会透过楼上卧室的窗户忧伤地看向那里。她凝望着，思索着。如此近，却又像斯瓦特河谷那么远。真想住在那里。

正是这样。我就这样长大，没有书，只有电脑玩具、糖、脂肪，以及时不时被人击打脑袋。名副其实的斯瓦特①啊。没有睡前故事来滋养我幼小的正在成形的大脑。俨然就像个现代英国农民，缺乏好奇心。那么去犹他州农场养蛆怎么样？可怜的我，那个被剪成平头、胸部圆滚滚的三岁男孩，穿着迷彩裤，迷失在电视机的噪音和二手烟里。他养母那纹了刺青的、肿胀的脚脖子在他面前趿趿而过，后面跟着她那阴晴不定的男友的恶犬。亲爱的父亲，把我从这个绝望的河谷里拯救出来吧。带我走吧。让我在你身边一起被人下毒吧，好过被安置在某个地方。

典型的第三阶段自我沉溺。我对英国穷人的了解，都来自电视和对长篇小说讽刺艺术的评论。我其实一无所知。但我有理由怀疑贫穷是各个层面的匮乏。十三层不会有竖琴课。如果伪善是唯一的代价，那么我会购买中产阶级的生活，还会觉得这很低廉。除此之外，我还会囤积粮食，变得富有，拥有自己的盾徽，刻上**并非无权**②，我的权利是对一个母亲的爱，是天经地义的。对于她抛弃我的阴谋，我拒绝接受。我不会被放逐，但她会。我会用这条黏滑的绳索将我和她牢

① 地名，英语为拍打之意。
② 莎士比亚家族盾徽上所刻铭文。

48

牢捆住,在我出生那天,我会用我尚不清晰、新生儿的凝视迫使她就范,用寂寞海鸥般的哀嚎俘获她的心。在那之后,这份不容分说的爱将使她永远成为我的保姆,而她的自由也将越来越受局限。特鲁迪会是我的,不是克劳德的,抛弃我就像从胸腔扯下自己的双乳,丢进海里。我也可以很无情。

　　我带着醉意继续浮想联翩,天马行空,不着边际,直到她呻吟了几声醒了过来,接着便开始在沙发底下摸索她的凉鞋。我们一起下楼,一瘸一拐地走进潮湿的厨房。天色渐暗,几乎掩盖了所有的肮脏污秽。她弯腰就着冷水龙头喝了好一会水。身上仍是那套泳衣。她打开灯,没有克劳德的踪迹,也没有便条。我们走到冰箱面前,她满怀希望地往里瞧。我看到——我想象自己在还没有试用过的视网膜上看到——她苍白的手臂在冷冰冰的光线下游移不定。我爱她那美丽的手臂。在下层搁架上,似乎有东西在纸袋里动,这东西曾经是个活物,现在已经化脓了。她不由得倒抽了一口气,关上了冰箱门。于是我们穿过房间走到放置干货的橱柜前,在那里她找到了一袋盐焗坚果。不一会儿,我听到她给她的情人打电话。

　　“你还在家吗?”

她咀嚼的声音让我听不到他在说什么。

"好吧,"她听了一会后说,"带过来吧。我们需要谈一谈。"

她轻柔地放下了电话,我估摸着他是在来的路上了。真够糟的。此时,我还第一次感到了头痛,就在额头那里,像是绑着一块花里胡哨的印花头巾,一股酣畅淋漓的痛感伴随着她的脉搏跳动。如果她能感受到这种痛,她可能要去找止痛药了。按理说,应该是她觉得痛才对。但她现在又硬着头皮打开冰箱,终于在冰箱门的有机玻璃架上发现了一块九英寸厚的楔形、陈年帕尔马干酪,老得像魔鬼一样,硬得像金刚石。如果她能用牙齿啃下它,我们会一起遭罪的。继坚果之后,又一股咸潮顺流而下,我们的血液都快稠成咸浆。她应该多喝水的。我举起双手找我的太阳穴。太不公平了,还没出生就让我受这样的苦。

我听说很久以前有人认为意识源于痛苦。为了免受重伤,一个简单生物为了避免受到严重的伤害,需要逐步发展主观意识环圈、感知体验中的激励鞭策机制。不仅仅是脑中亮起的红色警示灯——谁又看得见呢?——而是能感受到刺痛、疼痛和一阵阵的抽痛。困境把知觉强加给我们,这是对的,当我们太靠近火,爱得太深,就会感受到痛。那些感受到的知觉是自我形成的开端。如果这是对的,何不对粪便也感到厌恶？何不对悬崖和陌生人也感到恐惧？何不记住宠辱？何不爱上性和美食？上帝说，要有痛苦。然后最终有了诗歌。

所以，头痛、心痛的用处是什么？它在警告我不该做的是什么，或是在告诉我该做的又是什么呢？不要让你乱伦的叔叔和母亲给你的父亲下毒。不要你浪费宝贵的时光，不要无所事事，头脚颠倒。赶快出生，行动起来！

她在一张餐桌椅上坐下来，醉意未消，嘴里哼哼唧唧地呻吟着。喝了一下午的酒，晚上的安排便没有很多选择了。事实上只有两个：悔恨，或者再喝，然后再悔恨。她选择了前者，但时间还早。奶酪在桌上，早已被忘记。克劳德正从我母亲将来的住处赶过来，母亲，一个打算甩掉我的百万富婆。他会坐着出租车穿过伦敦，因为他从来没有学过驾驶。

我试图看清她原本的样子，她真实的样子：一个已进入孕晚期的二十八岁的女子，年轻地（我坚持用这个副词）趴在桌上，金黄色的头发编成撒克逊勇士那样的辫子，美得不可方物，身量苗条（没有我的话），几乎一丝不挂，上臂透着被阳光照射后的粉色。她终于在堆满了各色杂物——留着蛋黄渍的一个月前的盘子、被苍蝇天天叮的吐司屑和糖屑、发臭的纸盒、结着一层污垢的勺子、表面液体凝固结痂的垃圾邮件信封——的餐桌上找到了一个空间搁她的胳膊肘。我试图从我的立场去观察她,去爱她,去想象她的负担:她视之为情人的恶棍,她抛弃的圣人,她意欲施行的举动,她将要将其丢给陌生人的可爱的孩子。仍然爱着她吗?如果不爱,那么你就是从来没有爱过了。但我爱过,我爱过。我爱她。

她想起了奶酪,便伸手去拿离她最近的餐具,戳了进去。一块掉下来,进了她嘴里,她一边吸吮这干巴巴的石头,一边思索着自己的处境。几分钟过去了。我觉得她的状态不太妙,虽然我们的血液不会变浓稠了,因为她的眼睛和脸颊需要这些盐分。听见母亲的哭泣声,刺痛了孩子的心。她面对的是一个自己一手造成的无解的局面,一切都是她首肯的,她的新责任,我需要再罗列一遍——杀了约翰·凯恩克罗斯,卖掉他继承的财产,分钱,抛弃孩子。该哭的人应该是我。但胎儿是一本正经的禁欲者,是浸在水中的佛,面无表情。我们相信——唯有我们幼小的亲属,那些哭哭啼啼的婴儿不懂——万事堪落泪。万事堪落泪啊。[①] 婴儿的啼哭完全不得要领。等待才是要紧事。还有思考!

当我们听见门厅里有了她情人的响动时,她的心情已经平复。他穿的大号的布洛克鞋——她顶爱看他这么穿——

① 原文为拉丁语,语出维吉尔史诗《埃涅阿斯纪》。

打翻了垃圾桶,一路骂骂咧咧。(他有自己的钥匙。我父亲才需要按门铃。)克劳德走入地下室的厨房。我们还听见窸窸窣窣的声响,那是他手里提的塑料袋,里面装着食品杂货或者凶器,抑或两者都有。

他立刻注意到她的情绪有波动,说道,"你一直在哭。"

听起来不像是安慰,更像是在陈述事实,或是发出指令。她耸了耸肩,转过头去。他从袋子里拿出一个瓶子,重重地放在她能看见标签的地方。

"2010 年的让-麦克斯·罗杰酒庄桑塞尔特酿。记得吗? 他的父亲迪德尔·达格诺①死于飞机失事。"

他谈及了死亡。

"如果是冷的白葡萄酒,那我喜欢。"

她忘了。那家他们曾一起用餐的饭店,服务员很迟才来为他们点蜡烛。那时她很喜欢那里,我甚至比她还喜欢。而现在,我听见软木塞被拔了出来,玻璃杯碰撞——我希望它们是干净的——克劳德在倒酒了。我不能说不。

"干杯!"她的语调很快变得柔和了。

他为她添了酒,然后说道:"告诉我为什么哭。"

---

① 1956—2008,著名的长相思葡萄酒酿造大师。

她开口说的时候，喉咙发紧。"我在想我们的猫。我那时十五岁，它叫赫克特，可爱的老家伙，家里人的宝贝，比我大两岁。全身黑色，除了四只爪子和脖子下方长着白毛。有一天，我心情不好，从学校回到家，看见赫克特正在餐桌上找吃的，它不应该出现在这里。我狠狠打了它一下，打得它飞到老远。老骨头落地的那一刻，我听见了嘎吱一声。之后它失踪了好几天。我们在树上、电线杆子上贴告示找它。后来有人发现它躺在墙边一堆树叶上，它是自己爬到那里等死的。可怜啊，可怜的赫克特，僵硬得像骨头一样。我从来没有说过，我从来都不敢，但我知道是我杀了它。"

那么她的哭泣不是因为她的恶行，不是因为失去的纯真，不是因为她将要送走的孩子。她又开始哭了，比之前哭得更厉害。

"它的生命差不多到头了，"克劳德说，"你无法知道是你杀了它。"

她抽泣着。"是我，是我。是我杀了它！噢，天！"

我知道，我知道。我从哪里听过？——他杀了他的母亲，但他不能穿灰裤子。① 不过还是让我们宽容些吧。一个

---

① 出自乔伊斯《尤利西斯》。

年轻女人,肚子和乳房肿胀得快要破裂,无法逃避的分娩之痛迫在眉睫,接下来还要喂奶,对付屎尿,不眠不休,成日与未干过的苦差事打交道,严酷的爱将会剥夺她的生活——一只老猫的幽魂蹑手蹑脚地靠近她,要为自己被夺走的生命复仇。

即便是这样,这个女人正冷酷地图谋……却在为……落泪。我们还是别把它说出来了吧。

"猫有时候是很讨厌,"克劳德劝慰道,"在家具上磨爪子。但是。"

他没有什么相反的论点可说。我们等待着,直到她停止哭泣。然后,该续杯了。为什么不呢?几大口下去,停一会,让酒精中和一下。继而他又在袋子里摸索,拿出了另一瓶葡萄酒。他轻轻地将它放下。瓶子是塑料的。

这次特鲁迪看清了上面的标签,没有念出声:"在夏天?"

"防冻剂含乙二醇,很好的东西。我用它对付过邻居家的一只狗,一只体型超大的阿尔萨斯牧羊犬,这狗快把我逼疯了,没日没夜地叫。话说回来,这东西无色无味,味道不错,还很甜,用在奶昔里正好。呃,它能毁掉肾脏,引起剧痛。细小锋利的晶片能切开细胞。到时他就会像个醉汉似的走路跌跌撞撞,说话含糊不清,身上没有酒精味。除此之外,还会恶心、呕吐、呼吸急促、抽筋、心脏病发作、昏迷、肾衰竭。然后就结束了。这需要一段时间，只要这期间没人带他去看病，把事情搞砸。"

"会留下痕迹吗？"

"所有事情都会留下痕迹。你得往好的方面去想。这东西很容易搞到，即使是在夏天。地毯清洁剂也可以，但是味道不好。舒舒服服地吃下去。像享受了顿美食。事情发生的时候，我们只需要让你撇清干系就好。"

"我？那你呢？"

"别担心。我也会撇得清的。"

母亲不是这个意思，但她没有再追问。

第六章

我和特鲁迪又醉了,这次感觉好一些。克劳德喝得晚,
块头又大,一时还没醉。我和她一同享用了两杯桑塞尔,克
劳德喝了剩下的那些,然后又从他的塑料袋里掏出一瓶勃艮
第酒。那只装着乙二醇的灰色塑料瓶伫立在空瓶旁边,就像
是在我们纵酒狂欢时,守卫着我们的哨兵。又或者是死亡的
象征。在喝下口感刺激的白葡萄酒之后,黑比诺就如同母亲
的手一般抚慰人心。噢,在有这样的葡萄存在的时候活着!
鲜花盛放,和平与理性的醇香。他俩似乎都不想把瓶上的标
签读出声,那我就不得不来猜一猜了,我斗胆说这是依瑟索
干红葡萄酒。如果把克劳德的阳具或者——别那么残
忍——一把枪抵着我的脑袋,要我讲出是哪个葡萄园,单单
就这辛辣的黑醋栗和黑樱桃味而言,我会不假思索地说这是
罗曼尼·康帝酒庄①一抹紫罗兰色和优雅的丹宁使人联想
到慵懒、温和、未被热浪侵扰的 2005 年之夏。而另一股撩人

的,像是从隔壁传来的摩卡香味以及近处黑皮烂熟的香蕉味,又让我想起 2009 年的格里沃酒庄①。但我永远不会知晓答案。这是人类文明的巅峰之作,各种气味氤氲,涌向我,穿透我,我发现身处危境的自己陷入了沉思。

我开始怀疑我的无助不是暂时的。请赐予我人类的身躯能够承受的所有力量吧,让我重新成为那个年轻、黑豹一般的自己,肌肉强健、目光冷峻,告诉他最极端的手段——杀了他的叔叔以拯救他的父亲。把武器交到他手上,一把轮胎扳手或是一只冻羊腿,让他站在他叔叔的椅子后面,从那里他能看见那瓶防冻剂,并被激怒。问问你自己,他可以——我可以——这样做吗? 砸碎那毛发浓密的脑袋瓜,让灰色的脑浆洒满肮脏的桌子? 然后再杀了那个唯一的目击证人、他的母亲,在地下厨房里把两具尸体处理掉,这只能在梦里才做得到吧? 然后清理厨房——另一件不可能完成的任务? 之后便是锒铛入狱,面对监狱里让人发疯的无聊,与其他人一同煎熬,那些人也都不是什么了不起的人。比你还壮的同房牢友在未来三十年都要看日间电视节目,你想得罪他? 那就看着他用石头塞满黄色的枕套,然后慢慢看向你,看着你

---

① 法国最古老的葡萄酒园之一。

的脑袋瓜。

或者做最坏的设想,事情已经干了——我父亲的最后一个肾细胞被毒药的晶体切开。他把肺和心脏都吐到了大腿上了。剧痛然后昏迷然后死亡。报仇吗?我的化身耸了耸肩,伸手拿起外套,一边出门,一边轻声道为父报仇在现代城邦里已经行不通了。让他为自己辩解吧。

"把法律抓在自己手中——这一套已经过时了,只有上了年纪、世代结仇的阿尔巴尼亚人和伊斯兰部落的一些分支才保留这种旧俗。再没报仇这回事了。我年轻的朋友,霍布斯①是对的。国家必须垄断暴力,公共权力才能让我们心存敬畏。"

"那么,我善良的化身,现在就打电话给利维坦,打电话给警察,让他们来调查。"

"查什么?克劳德和特鲁迪的黑色幽默?"

警官:"那桌上的这瓶乙二醇呢,夫人?"

"管道工建议的,警官,防止我们那老旧的暖气片在冬天结冰。"

---

① 托马斯·霍布斯(1588—1679),英国政治哲学家、机械唯物主义者。下文中"利维坦"即出自霍布斯著作《利维坦》,指有庞大官僚机构的极权主义国家,原指出自《圣经》中象征邪恶的海中巨兽。

"那么,亲爱的,未来最好的我,去肖迪奇区警告我的父亲,告诉他你知道的一切。"

"那个他深爱并敬重的女人正计划谋杀他?我是怎么知道的?我也参与了他们的枕边密谋吗?还是说我当时就在床底下?"

这就是那个年富力强的理想化身对我说的话。而此刻,我目不能视、口不能言,上下倒置,算得上是个婴孩,却仍被困腹中,被动脉和静脉血管像围裙带子一样固定在这个将要行凶的女杀人犯身上,还有什么机会呢?

嘘!两个密谋者正在说话。

"这不是坏事,"克劳德说,"他急着要搬回来。你装作不同意,然后让他回来。"

"哦,是啊,"她冷冷地说道,语带讽刺,"还做个奶昔欢迎他呢。"

"我没这么说。但是。"

但是我觉得他差不多就是这个意思。

他们停下来想了想。母亲伸手去拿酒。酒喝下去的时候,她的会厌软骨黏滞地上下起伏,酒液涌入她的食道,经过——大部分是这样——我脚底附近,向内划出一道曲线,向我冲刷过来。我怎么能不喜欢她?

她放下酒杯，说道："我们不能让他死在这里。"

她那么轻松地谈论他的死。

"你说得对。死在肖迪奇区更好些。你可以去看他。"

"看在旧日的情分上，带一瓶冷冻剂佳酿去！"

"你带点吃的去。烟熏三文鱼、卷心菜色拉、巧克力棒。还有……那件事。"

"哈哈！"很难描述母亲爆发出来的嘲讽声，"我甩了他，把他赶出他的家，给自己弄了一个情人。然后带吃的去看他！"

在说"弄了一个情人"时，连我都意识到了叔叔的不快。这一个，是未来许多个不知名情人中的一个。"弄"、"一个"。可怜的家伙。他只是想帮忙而已。他坐在这个年轻尤物对面，她梳着金色的发辫，穿着比基尼上装和短裤，在热得让人冒汗的厨房里，像个饱满、精巧的果子，他可不能失去这个战利品。

"不，"他谨慎地说道。他的自尊受到了冒犯，他不禁提高了嗓门。"这是和解。你在补偿他。要他回来。复合。是要讲和。要铺开桌布庆祝一下。开心点！"

她的沉默是对他的奖励。她在思考。我也在思考。同样的老问题：克劳德到底有多蠢？

他受到鼓舞，继续说道："水果沙拉可以作为备选。"

他那种没事人的态度，简直有一种诗意，一种虚无，为平庸的生活带来一点生气。或者，反过来说，一种理所当然的平平无奇令邪恶的意念看起来无伤大雅。在这点上，没人比他更出色了，他认真考虑了五秒钟后，说道：

"冰淇淋肯定是不行的。"

明摆着的嘛。值得一说。谁会或者说谁能用防冻剂做冰淇淋？

特鲁迪叹了口气。她轻声说："你知道的，克劳德，我爱过他。"

此刻他眼中的她是否与我想象的一致？绿色的眼眸，目光呆滞，眼泪再次滑过她的面颊。肌肤润泽，呈粉色，从发辫里跳脱出来的碎发被吊灯照得如同明晃晃的灯丝。

"我们相遇的时候太年轻。我的意思是，我们认识得太早了。那是在田径赛道上。他代表他的俱乐部掷标枪，打破了当地的某个纪录。看到他握着标枪跑的样子，我腿都发软了。他就像一尊希腊神。一个星期后，他带我去了杜布罗夫尼克。我们住的地方连个阳台都没有。他们说那是个美丽的城市。"

我听到一张厨房椅子发出不自在的嘎吱嘎吱的响声。

克劳德看见了堆放在门外的送餐盘，令人作呕的卧室里凌乱的床单，十九岁少女几乎一丝不挂地坐在一张上漆的胶合板梳妆台前，她的后背完美无瑕，一块洗薄了的酒店毛巾盖在她的大腿上——临别前体面地点头示意。出于嫉妒，约翰·凯恩克罗斯被排除在外，镜头里完全看不到他，但他身形壮硕，和她一样赤裸着。

特鲁迪并没有在意情人的缄默，她提高了声调，急匆匆地继续说着，害怕说得慢了，喉咙便会发紧，发不出声了。"这么多年一直想要个孩子。而就在，就在……"

就在！毫无价值的副词短语！在她厌倦我的父亲和他的诗歌的时候，我已经牢牢寄居在她体内，赶不出去了。现在她为约翰哭泣，就像之前为那只名叫赫克特的猫落泪一样。或许我母亲的天性不容许她杀害另一个生命吧。

"嗯，"克劳德终于开了口，说了一句可有可无的，"打翻的牛奶，仅此而已。"

奶，依靠血液存活的胎儿一听到这个词，就觉得恶心，尤其是在喝了酒以后，但这改变不了我未来的命运。

他耐心等待着，想再提一提他那个把吃的送过去的主意。听到她为他的情敌哭泣，对他来说可不好过。或者这反而令他更专注了。他用手指轻轻地敲击着桌面，这是他的一个习惯动作。站立时,他会嘎拉拉地拨弄裤袋里的房门钥匙,或是无谓地清清嗓子。这些无意识也无意义的行为充满了恶意。克劳德身上带着些尖酸刻薄。然而此刻,我俩倒是心意相通,因为我也在等待,我受着病态好奇心的折磨,想要洞悉他的阴谋,就像急欲知道一部剧的结尾那样。但他没法在她哭泣的时候详加阐述。

一分钟之后,她擤了擤鼻子开口了,声音低沉而沙哑:"不管怎么样,现在我恨他。"

"他让你很不快乐。"

她点了点头,又擤了擤鼻子。现在我们竖起耳朵听他陈述他的口头提案。他的讲话就像是上门的福音传教士,想要帮助她过上好生活。他对我们说,很重要的一点就是我母亲和我在最后要置我父亲于死地的那次造访之前,至少得先去一趟肖尔迪奇。她曾经到过那里,这是瞒不过鉴证人员的。所以需要制造出她和约翰已经重归于好的假象。

他说这得看起来像自杀,像是凯恩克罗斯给自己调了杯鸡尾酒,好让毒药好喝些。最后一次过去的时候,她得把装乙二醇的空瓶和店里买的奶昔留在那儿,这些容器上都不能留有她的指纹。她需要在她的指尖上打上蜡。他刚好有这个东西。简直太棒了。在离开约翰的住处前,她要把她带去还没吃完的东西放在冰箱里。所有器皿与包装纸上都不能有她的印记。必须像是他一个人吃的。她是他的遗嘱受益人,必定会受到调查,会被怀疑这里面有阴谋。因此,克劳德的所有痕迹,尤其是卧室和浴室里的,必须彻底清除,一根毛发、一点皮屑都不留。我感觉到她正在想的是每颗不再摇头摆尾的精子也一概要扫除干净。这也许得花一点时间。

克劳德继续说。不要隐瞒她曾经给他打过电话。电话公司会有记录。

"但是记住,我只是一个朋友。"

他费了好大劲才说出这最后几个字来,尤其是我的母亲像问答教义那样又把这些字重复了一遍。我开始意识到言语能让事情成真。

"你只是我的朋友。"

"对。时不时打电话来聊一聊。小叔子嘛。只是帮帮你。仅此而已。"

他不带感情地说着,好像他每天以弑兄杀夫为业,俨然一个在大街上开肉铺的实诚屠夫,他那血淋淋的围裙毫不避讳地与家里的床单毛巾混在一起洗涤。

特鲁迪说话了:"但是听着——"这时,克劳德突然想起了什么,打断了她。

"你知道吗？这条街上有幢和我们同一边、同样大小、同样状况的房子,在市场上卖八百万!"

母亲默默地听着。她听进去的是"我们"这个词。

原来是这样。没有早点把我父亲弄死,我们又多赚了一百万。多么真实:我们造就了自己的好运。但是。(就像克劳德会说的。)对于谋杀之事,我还不太了解。但听起来,他的计谋更像是出自一个面包师,而不是一个屠夫。烤得半生不熟。乙二醇瓶子上没有指纹这一点就很可疑。我父亲开始感觉不舒服的时候,又有什么能阻止他打急救电话呢?他们会给他洗胃。这样他就没事了。然后呢?

"房价我不管,"特鲁迪说道,"这是以后的事。重要的是这个:你冒了什么风险?你想要分这笔钱,从头到尾你什么时候露脸了?如果出了问题,我就完蛋了。让我把你从我的卧室擦个一干二净,到时候你又在哪里?"

我为她的直截了当震惊。继而我体会到的不像是喜悦,而是期盼,我的肚子惬意地舒展。恶人们闹翻了,原本就没用的计谋随之破产,我父亲得救了。

"特鲁迪,你走的每一步,我都会在你身边。"

"你会在家里安享太平。你有不在场证据。完全可以推说不知情。"

她一直在想这些。我丝毫没有察觉到她在想这些。她是一只母老虎。

克劳德说:"问题是——"

"我想要的是,"母亲说话的强硬态度令我四周的围壁都硬了起来,"你也牵涉其中,我的意思是,完全牵涉其中。要是我完了,你也完了。要是我——"

突然,门铃响了一声、两声、三声,我们都呆住了。在我的印象中,从没有人这么晚来过正门。克劳德的计划毫无希望,尚未开始已经失败,因为警察来了。除此之外,不会有人这般执拗地按门铃。厨房早就装了窃听器,他们全都听到了。特鲁迪如愿了——我们一起完蛋。我曾经在某个下午听过一个超长的纪实广播节目,叫作《铁窗后的婴儿》。在美国,还在喂奶的杀人犯母亲,定罪后,被允许在牢房里养育她们的孩子。这是作为一种开明的进步举措来宣传的。但是我记得当时我在思考的是,这些孩子并没有做错事啊。放了他们吧!啊,好吧。这只是在美国。

"我去。"

他站起来,穿过房间,走到厨房门边的视频门铃电话旁,仔细看着屏幕。

"是你丈夫,"他闷闷不乐地说道。

"天哪!"母亲停顿了一下,想了想。"不能假装我不在家。你最好躲起来。躲在洗衣房。他从没——"

"有人跟他在一起。一个女人。一个年轻女人。我得说还挺漂亮的。"

又一阵沉默。门铃又响了起来。这次响的时间更长了。

母亲的声音镇定,尽管有些紧张。"这样的话,开门让他们进来吧。但是克劳德,亲爱的,拜托先把那瓶乙二醇收起来。"

第七章

　　某些版画或油画家，就像未出生的婴儿，挥洒空间有限。
他们狭隘的主题可能会让一些人困惑或失望。十八世纪绅
士贵族间的求爱、航海生活、会说话的兔子、肌肉强健的野
兔、胖子油画像，为狗、马、贵族绘肖像画，以及以斜倚的裸
女、无数耶稣诞辰、耶稣受难、圣母升天、水果盘、瓶中鲜花为
主题的。还有荷兰面包和奶酪，边上有时有刀，有时没刀。
有人一心扑在散文上，却仅仅是为了叙述自己。在科学领
域，同样如此，有人终其一生研究阿尔巴尼亚蜗牛，另一些则
在研究病毒。达尔文将八年时间献给了藤壶，他晚年又明智
地给了蚯蚓。希格斯玻色子，一个非常小的东西，也许连个
东西都称不上，却是数以千计的人毕生的追求。被禁锢在一
个坚果壳里，只能从两寸象牙、一粒微沙中窥探整个世界。
为什么不行呢？既然一切文学、一切艺术、人类的一切努力
不过是宇宙万物之中的尘埃而已。而这一宇宙也可能只是

众多实际和可能的宇宙中的极小部分罢了。

所以为什么就不能是一位猫头鹰诗人呢？

我是从不同的脚步声来分辨他们的。最先从开放式楼梯走入厨房的是克劳德，接着是我父亲，跟随其后的是刚与他签了合同的朋友。她穿着高跟鞋，也许是靴子，这一装束不适合于在林地阔步行走。如夜般漆黑的子宫赋予我想象，我想象她身着黑皮紧身夹克和牛仔裤，年轻、白皙、娇俏，女人味十足。我的胎盘就像是已精准调妥的无线电分叉天线，正在接收我母亲即刻就讨厌她的信号。无端的思绪侵扰特鲁迪的心律，仿佛是从远处的丛林村落传来陌生、不祥的鼓声，述说着占有、愤怒和嫉妒。大事不妙。

为了我父亲的缘故，我觉得有必要为我们的访客作一番辩护：她的题材并非那么局限，猫头鹰显然比玻色子和藤壶要大，而且它有两百个种类，在民间传说中多有出现，大多为不祥之兆。与特鲁迪本能的确定无疑不同，我满腹疑团，全身不由得瑟瑟发抖。就我父亲而言，他这样的举动有两种可能性：他不傻，也非圣人，他之所以过来是要引见他的情人，让我母亲知道她现在的位置（她已经是他的过去时了），对他弟弟的恶行表示毫不关心；也或者他就是个活脱脱的傻瓜，十足的圣徒，毫无芥蒂地带着他的一位作者顺道来访，算作是一种社会保护,希望只要特鲁迪能够容忍他,他就要在她的身边。也可能这两种猜测都不对,非常模糊难以界定。干脆简单点吧,我暂时就跟上母亲的思路,假设这位朋友就是他的情人。

没有哪个孩子,更不必说腹中的胎儿,掌握了或想要掌握闲聊这门技艺。它是成年人的把戏,不啻是与无聊和欺骗缔结了契约。眼下这种景况大半为后者。先是嘎嘎拖动椅子的声响,继而递酒、拔瓶塞,克劳德评论了一句今日炎热的天气,我父亲不痛不痒地哼哼着表示赞同。两兄弟有一搭没一搭地聊着,凸显了我们的访客是顺道来访这一谎言。特鲁迪保持着沉默,甚至在我父亲介绍这位叫作艾洛蒂的诗人时,她也一语不发。一对夫妇和他们各自的情人围坐在桌旁,举杯敬酒,真是一幅精巧的社会几何图,冷漠现代生活的生动一幕,却无人评说。

我的父亲见他弟弟在厨房里开酒,反客为主,脸上一直不动声色。所以约翰·凯恩克罗斯绝不是那个被戴了绿帽子都不知情的傻子。大家都低估了他。他泰然自若地抿着酒,问特鲁迪感觉怎么样。他希望不会太累。这句话或许是温和的挖苦、暗讽性事,又或许不是。他原本悲戚的语调消失了,取而代之的是冷漠与讽刺。只有满足了欲望,才能让

71

他获得自由。特鲁迪和克劳德一定在纳闷他们想杀的人为什么在这儿,他到底要干什么,但又不能直接问出口。

克劳德问艾洛蒂是否住在这附近。不,她不住在附近。她住在德文郡,在河边农场的一间工作室里。她这么说或许是要让特鲁迪知道,假如她在伦敦,她就会在肖迪奇区、约翰的床笫间过夜。她是在宣示主权。我喜欢她的嗓音,不妨说,那是一种由人发出的近似于双簧管的声音,微微沙哑,发元音时有些嘎嘎的杂声。每句话临近结尾的时候,她都会发出咕噜噜、像是在含水漱口的声音。美国语言学家将之称为"气泡音"。气泡音遍布于西方世界,在广播里被广泛讨论,它的发声原因不明,有人认为它代表着精密完善,大多出现在年轻、受过教育的女性身上。真是个好玩的谜团。有这样一种嗓音,她或可与我母亲一较高下。

从我父亲的举止中,完全看不出就在这一天下午他的弟弟当面给了他五千英镑的现金。没有丝毫感激,只有与从前一样的对兄弟的轻蔑。这一定激起了克劳德由来已久的仇恨。而在我的心里,也升腾起了某种比较假设的东西,一份潜在的怨恨。哪怕我把父亲视为一个饱受爱情折磨的傻瓜,我也一直相信,假如真的演变到与克劳德水火不容,假如我无法让父母和好,我可以与我父亲一同生活,至少生活一段时间,直到我能自立。但我觉得这位女诗人不会接纳我——紧身黑色牛仔裤和皮夹克可不是一位母亲的装束。而那是她魅力的一部分。以我的狭隘之见,我父亲还是单身比较好。白肤、美貌与自信的鸭嗓不会是我的盟友。但他俩之间可能什么事情都没有,何况我喜欢她。

克劳德刚说道:"一间工作室?在农场里?太棒了。"艾洛蒂于是开始用她那种都市里的、低沉的嘎嘎嗓音描述起一间人字形小木屋。木屋紧邻一条水色幽暗、水流湍急的河,流水在花岗岩卵石周围掀起白浪。河上有一座摇摇晃晃的人行桥通向对岸,周围是山毛榉和白桦的矮树林,还有一处空地,星星点点地布满了银莲花、白燕子草、风铃草和大戟。

"对一位田园诗人来说,这太完美了。"克劳德说道。

这话真实却又乏味,以致艾洛蒂不知如何对答。他继续问道,"那一切离伦敦有多远?"

他所说的"那一切"指的是无意义的河流、岩石、树木和花朵。艾洛蒂有些泄气,几乎挤不出她的气泡音,"大概有两百英里吧。"

她猜想他会问最近的火车站在哪儿,路途有多远,诸如此类他很快就会忘记的信息。但是就这样,他询问,她回答,我们三个听着,既不惊讶,也不厌烦。在场的每个人,站在各自不同的立场,被那些没有说出口的话吸引住了。这两对情侣——把艾洛蒂算在内的话——这场婚姻之外的两方,像是一枚复合炸药,将彻底炸毁这个家庭,也将把我炸上天,炸下地狱,炸入我的十三层。

约翰·凯恩克罗斯用一种温和的语调解了围。他说他喜欢这种酒,暗示克劳德去把杯子倒满。克劳德倒酒的那当儿,我们都沉默着。我想象有一条绷得紧紧的钢琴弦正等待着会突然砸下的音锤。这个时候,特鲁迪准备开口了。她说第一个字之前心跳漏了一拍,我知道她要开口了。

"那些猫头鹰。它们是真的,还是另有所指?"

"噢不不,"艾洛蒂急忙解释,"它们是真实的,我从生活中取材。但你知道,读者往往将它们符号化,产生各种联想。我无法阻止他们这么做。诗歌就是这样。"

"我一向认为,"克劳德说道,"猫头鹰很聪明。"

女诗人顿了顿,思忖这话是否暗藏讥讽。她在掂量他,然后不冷不热地说道,"你要这么认为,我也没办法。"

"猫头鹰很凶恶,"特鲁迪说。

艾洛蒂:"知更鸟也是。大自然也是。"

特鲁迪:"显然不能拿来当料理。"

艾洛蒂:"孵卵的猫头鹰还有毒。"

74

特鲁迪："对,孵卵的会要了你的命。"

艾洛蒂："我觉得不会。它们只会让你不舒服。"

特鲁迪："我是说,如果它们用爪子抓破你的脸的话。"

艾洛蒂："不可能。它们很怕生。"

特鲁迪："一被激怒就不怕生了。"

对话很放松,谈论的无非是些琐细之事。那些带着威胁和意味的聊天或是交易是怎样的——我不清楚,我没有社会经验。如果我醉了,那么特鲁迪必定也醉了,但她的行为举止都没有醉的迹象。对艾洛蒂的憎恶或许是让她保持清醒的灵药。她现在把这女人视为敌人。

约翰·凯恩克罗斯似乎心甘情愿地把自己的妻子交给克劳德·凯恩克罗斯。这让我母亲大为光火。她觉得抛弃和移交应该由她来定夺。她可以不让我父亲见艾洛蒂,甚至可以要了他的命。不过,或许我错了。我父亲在书房里吟诵,仿佛万分珍惜与我母亲在一起的每分每秒,任凭她把他赶出家门。(这就滚吧!)我不能相信自己的判断。一切都乱了套。

但现在没时间思考了。他站了起来,挺立在我们面前,手中拿着酒,也没有东倒西歪,准备发表讲话。各位请安静!

"特鲁迪、克劳德、艾洛蒂,我可能只说三言两语,也可能长篇大论。谁在意呢?我想讲的是,当爱情消逝,婚姻破碎,首当其冲的是真实的记忆,对往昔恰当、不带偏见的追念。当下太不合时宜,太该死了。往日幸福的幽灵正饱尝失败与孤寂的滋味。所以无惧遗忘的大风扑面而来,我想点燃我那支小小的真理之烛,看看它的光芒能照耀到何处。大约十年前,在达尔马提亚海岸一家看不见亚得里亚海的廉价酒店里,那间房间只有这里的八分之一,床不过三英尺宽,我和特鲁迪坠入了爱河,我们欣喜若狂,眼中只有彼此,爱得无边无际,爱得忘了时间,无法用言语来表达我们对对方的爱。我们不理会整个世界,只管去开拓和创造我们自己的天地。我们假装暴力,让彼此颤栗。我们把对方当成小孩一样宠爱,互取昵称,讲只有我们才懂的语言。如此这般,却从未觉得尴尬。我们献出一切,也得到了一切,百无禁忌。我们与英雄无异,相信自己正站在一个前人从未到过的顶峰,不论是在生活中,还是诗歌里都未曾有人攀登到如此高处。我们的爱是如此美好壮阔,在我们的心目中它就像是一条普世原则。它是一种伦理体系,是与他人和睦相处的方法,它早在人们心中根深蒂固,以至于已被这个世界忽略。当我们躺在狭窄的床上,面对面,深情凝视,相互倾诉之时,我们才真正活着。她牵起我的手，亲吻它们，这是我这一生第一次没有为这双手感到羞愧。我们巨细靡遗地向对方描述各自的家人，而我们的家人最终也理解了我们。尽管过去困难重重，我们依旧深切地爱着他们，也爱着我们最重要、最要好的朋友们。我们可以拯救所有我们认识的人。我们的爱有益于世界。在那之前我和特鲁迪从没有如此专注地说话或倾听过。对我们来说，做爱是交谈的延续，交谈是做爱的升华。"

"那个星期结束后，我们回到这儿，在我的房子里安顿了下来。爱持续着，日往月来。似乎没有什么可以阻挡它。所以在我继续说下去之前，我要先为这份爱举杯。愿它永远不被视为虚妄，不被否定、不被遗忘，不被歪曲，不被厌弃。致我们的爱。我们爱过。这是真实的。"

我听见脚步在地上拖曳的声音，以及勉强附和的轻语。近处，我听得到母亲在假装干杯之前强压住了内心的怒火。我觉得她很反感"我的房子"这个说法。

"现在，"我父亲接着说道。他放低声音，仿佛进入了殡仪馆。"这份爱已经走到尽头。它从未沦为日复一日的庸常或是抵御衰老的利器。它急速消亡，惨烈非常，轰轰烈烈的爱必定如此。帷幕已经落下。一切都已结束。我很快乐。

77

特鲁迪也很快乐。所有认识我们的人都很快乐,都如释重负。从前我们相互信任,现在我们彼此猜疑。当初我们相亲相爱,如今我们互相憎恶。特鲁迪,亲爱的,我几乎不能容忍你出现在我的视线之内。有几次我真想勒死你。我常常做梦,在我做的那些美梦里,我看见自己的两只拇指死死地掐住你的颈动脉。我知道你对我有同样的感受。但我们不必懊悔。我们该高兴才是。我们需要这些阴郁的情绪,正是有了它们,我们才能自由,才能获得重生,才能迎来新的生活与新的爱情。我和艾洛蒂已经找到了这份爱,这份爱将让我们相伴余生。"

"等一等,"艾洛蒂说道。我想她是害怕我父亲说得过于轻率了。

但他不想被打断。"特鲁迪和克劳德,我替你们高兴。你们在最恰当的时间走到了一起。没人会否认这点。你们真的是天造地设的一对。"

这是个诅咒,尽管我父亲的话听上去无比诚恳。与克劳德这样乏味但性欲旺盛的男人为伍,实在是命运难卜。他哥哥心知肚明。但是,嘘。他还在说呢。

"有些事还需作一些安排。一定会有争议和压力。但上天保佑,大体计划很简单。克劳德,你在樱草山有幢宽敞、漂亮的房子,特鲁迪,你可以搬到那儿去。明天我准备搬些东西回来。等你一走,装修工人完工,艾洛蒂就搬来和我一起住。我建议我们一年内不要见面,到时再考虑以后的事。离婚就应该干脆利落。我们需要时刻牢记的要紧事是,我们务必理性,务必通情达理,要记得我们都再次找到了爱情,这是多么幸运。好吗? 好。不不,不必起身。我们自己走。特鲁迪,如果你明天在的话,我大概十点左右来见你。我不会待太久——我得直奔圣奥尔本斯。哦,对了,我已经找到了我的钥匙。”

我听见椅子嘎吱作响的声音,那是艾洛蒂站了起来。“等等,我是说,我现在能说两句吗?”

我父亲的语调温和但不容置疑,“不,完全不合时宜。”

“可是——”

“走吧。该走了。谢谢你们的酒。”

他清了清嗓子,之后他们的脚步声穿过厨房,上了楼梯,渐渐消失。

我们听着他们离去,我母亲和她的情人默默地坐着。我们听见楼上的前门关闭时发出的重重的最后的声响。画上句号。特鲁迪和克劳德愣在那儿。我的脑子一团乱麻。在我父亲的这番高谈阔论中,我算什么? 我已经死了。我被送

79

进了坟堆，那是在他恨之入骨的前妻的肚子里。提都不提，连被嫌弃的资格都没有。可以肯定的是，要一年"左右"以后我才能与我的拯救者见面。他向真实的记忆致敬，却忘了我。为了奔向自己的重生，他抛下了我的生命。父与子。我听过一次，便再不会忘。父与子天然的联系是什么？一次冲动的发情。

不妨这样想。他搬去肖迪奇，是尝试着与艾洛蒂幽会。他腾出屋子，以便克劳德可以住进来，这样就给了自己一个充分的理由，好甩掉特鲁迪。那一次次热切的来访，那些情真意切的诗歌，甚至那把丢失的钥匙，都不过是虚晃一枪，是为了让她误以为与克劳德在一起很安全，是要撮合他们。

克劳德还在倒酒。他感知迟钝，思想空虚，眼下，酒对他来说不啻是一种安慰。

"真没想到。"

特鲁迪半分钟没说话。当她开口的时候，言语含混，但心意已决。

"我想要他死。明天就得死。"

第八章

　　在这些温暖的院墙外，一个冰冷的故事即将走向它可怕的结局。仲夏之夜，层云密布，暗无星月，连一丝风都没有。而我的母亲和叔叔却在畅谈冬日的暴风雨。酒开了一瓶又一瓶。我被酒液冲刷，神志恍惚，听不清他们的对话，但我还是从中听出了他们意欲置我于死地。在血淋淋的屏幕上能看见两个黑影争吵不休，正与他们的命运作无望的斗争，声音忽高忽低。当他们停止指责或争辩的时候，他们便开始密谋。他们的言语悬荡在空中，就像北京的雾霾。

　　这个故事将惨淡收场，而这屋子同样一副颓相。盛夏，二月的大风盘旋、呼啸，打碎了垂挂在檐槽的冰凌，将山墙两端尚未用灰泥勾抹的砖块擦拭得锃亮，斜屋顶上的石板瓦——那些光面的石板瓦——也被割破。刺骨的寒气伸出一个个手指，拂过未清洗的窗玻璃上的污垢，穿过厨房的下水道又折了回来。我在这里冻得直哆嗦。但事情不会就此结束,糟糕的事情将源源不断,直到否极泰来。没有什么会被遗忘,没有什么会被时间冲淡。脏东西堆积在管道工看不见的弯曲的排水管里,与特鲁迪的冬衣一起挂置在衣橱里。这股久久不散的恶臭养活了壁脚板后面胆怯的小老鼠,把它们喂成了一只只大耗子。我们听见它们的啃咬声,难以抑制的诅咒声,却没有人感到惊讶。我与母亲时不时地离席去蹲着小便,她一边哼哼,一边排出了极多的尿。我能感觉她那顶着我头盖骨的膀胱在收缩,我轻松了不少。回到桌旁,他们继续密谋,继续侃侃而谈。这下轮到我叔叔开始咒骂,而不是那些耗子了。而那啃咬声是我母亲在吃盐焗坚果。一颗接一颗,她是为了我才吃的。

在母亲体内,我憧憬着我应得的权利——安全,不受搅扰的平静,没有压力,无罪无愧。我在思索,到底什么本该属于幽禁中的我呢?两个截然相反的概念萦绕在我心头。我曾经在一档播客节目里听到过它们,那是有一回我母亲顾自打电话,却忘了把节目关掉。当时,我们坐在父亲书房的沙发上,窗户敞开着,外面又是一个闷热的正午。播客里的巴特先生说,无聊与狂喜仅一步之遥;人们从愉悦的彼岸凝视无聊。确实如此。这就是当今胎儿们的处境。想想吧,无所事事,只要一个劲地成长,而成长很难说是自觉的行为。纯粹的存在便是欢愉，日复一日的乏味。狂喜不过是存在的无聊消遣。这一幽禁不应成为牢笼。在母亲体内，我理应拥有这份孤独的特权和奢华。我像傻子一样讲述着，但也魔术般地创造了极乐，永恒不朽——在那崇高的境界里，也有你无聊的身影。

在我母亲想让我父亲去死之前，以上这些就是我继承的遗产。现在我身处在一个故事中，为它的结局忧心忡忡。哪里还有狂喜和无聊可言？

我叔叔从餐桌前站起身，踉踉跄跄地走向墙壁去关灯，拂晓的光透了进来。假如这个人是我父亲，估计会朗诵一首黎明曲。但现在只有一件实实在在的事情——该睡觉了。他们喝得酩酊大醉，不能做爱，这对我倒是一种解脱。特鲁迪站了起来，我们一同摇晃了一下。如果我能挺直，哪怕只有一分钟，我就不会这么难受了。多么怀念我在浩瀚的羊水里打滚翻腾的时光啊。

她一只脚踩在第一级台阶上，然后停了下来，抬头看看自己还得爬多久。眼前，楼梯蓦地升起又退去，仿佛通向月球。因为我的缘故，我感觉她紧紧地抓住了扶手。我仍然爱着她，我想要她知道这一点，但如果她向后倒下，我可就没命了。现在，我们开始慢慢往上爬。克劳德多半在我们前面。

应该用绳子把我们拉上去。抓得紧点儿，妈妈！这很费劲，谁都没讲话。过了好几分钟后，伴随着叹息声与呻吟声，我们终于到达了二楼的楼梯平台，而剩余的最后十二英尺路，尽管在同一层，也还是很艰难。

她坐在自己常睡的那一侧床上脱去凉鞋，侧躺下来，手里仍拿着鞋，却已经睡着了。克劳德将她摇醒，与她一同在浴室塞得满满当当的抽屉里翻找两克扑热息痛，好对抗难以招架的宿醉。

克劳德说道："明天有的忙了。"

他其实说的是今天。我父亲会在十点钟到，而现在都已快六点了。我们终于躺倒在床上。我母亲抱怨说，她一闭眼，这世界——她的世界——就天旋地转。我以为克劳德会更坚忍一些，就像他常常夸口说自己是铁打的。根本不是。没过几分钟他就冲进厕所，双膝跪地，抱着马桶吐了。

"掀开坐垫！"特鲁迪喊道。

没有声音，然后听见他好不容易吐出点口水。但他动静很大。大吼戛然而止，像是一个球迷在背后被人捅了一刀。

到了七点钟，他们睡着了。我却没有。我的思绪随着我母亲的世界在旋转。我父亲抛弃了我，他未卜的命运，我对此要负的责任，以及我自己的命运，我的无能为力——无法警告,无法付诸行动。还有我的两个同床者。他们是被吓坏了不敢行动了吗？或是更糟糕,他们坏了事,被逮住坐牢？难怪最近入狱的念头就像幽灵一般缠住了我。在牢房里开始人生,祸福难测,无聊竟成了需要争取才有的权利。而如果他们成功了——那就成了斯瓦特山谷。我看不到可以施行的方案,看不到通往幸福的道路。但愿永远不要降生……

　　我睡过头了。我是被一声大叫和一阵毫无节奏的剧烈晃动惊醒的。我母亲在表演飞车走壁。并非如此。或者说不是那个表演。是她下楼走得太快了,她粗心大意地几乎没用手扶住栏杆。原本可能会有这样的结局:楼梯压毯棍松了,破旧地毯的边缘卷起,她头朝下一头栽倒在地,那么我隐秘的忧郁将败给永恒的黑暗。除了希望,我什么都抓不住。那一声喊叫是我叔叔发出的。他又叫了一次。

　　"我出去弄了些喝的。还有二十分钟。煮咖啡去。其余的我来。"

　　我母亲一心想速战速决,就此否定了克劳德那含糊其辞的肖迪奇计划。约翰·凯恩克罗斯毕竟不是她以前认为的傻瓜。他马上就要把她赶出去了。她今天必须行动。没时间磨磨蹭蹭。她对她丈夫的情人已经很客气了——就像他们在下午档的"知心阿姨"节目（青少年打进电话来问的问题，甚至会让柏拉图或康德张口结舌。）里说的，在把人甩了之前先被人甩了。特鲁迪的愤怒如同大海——广阔又幽深，愤怒已构成了她的生存环境，成了她的人格。我知道愤怒存在于她那变了质的、冲洗我全身的血液中，存在于分布分明的不适中，她的细胞被搅扰、被压缩，她的血小板破裂剥落。我的心正与我母亲的愤懑之血交战。

我们安全地到达了一楼。上午成群的苍蝇嗡嗡作响，在门厅的垃圾堆里飞来飞去。对它们来说，那些没有打结的塑料袋就像自带屋顶花园的豪宅，蔚然耸立，闪闪发光。苍蝇在那儿自由自在地觅食、呕吐。它们鼓胀着肚子不事劳动，勾勒出一幅醉生梦死、同心协力、相互忍耐的社会群像。这群半梦半醒的无脊椎动物与这世界如出一辙。它们热爱所有腐败中的富饶生命。而我们是劣等种族，我们感受着恐惧与不睦。我们战战兢兢，我们走得太快了。

特鲁迪的一只手紧紧抓着螺旋形楼梯中柱，我们身子一晃，快速转了下来。再走十步，我们就到了厨房的台阶口。没有扶手支撑我们往下走了。在有我之前——如果能说是有我的话，我曾听到它从墙上掉了下去，发出一声巨响，扬起一阵灰尘和马毛，只留下一个个不规整的洞。楼梯的梯面是未被修饰过的松木,上面还看得到光滑、多脂的节点,一层层忘了清理的污渍,被踩踏过的肥肉和油迹以及从吐司上滑下来已融化的黄油——我父亲过去常常不用盘子,只用手拿着吐司去书房。她再一次飞快地下楼,这下可能完了,她要头朝下栽倒了。我还没从恐惧中回过神来,突然感觉她脚向后滑去,身子往前一倾,似做急欲飞翔之姿,就在这时她腰背部的肌肉紧张地收缩了一下,从我肩膀后面传来肌腱撕裂的声音,肌腱扭伤了,不知道是否还连在骨头上。

"我的背,"她吼道,"妈的,我的背。"

不过这伤痛也算是值了,她终于让自己站稳,小心翼翼地走下剩余的台阶。正在厨房水槽边忙碌的克劳德停了下来,对她表示深切的同情,然后又继续干活。他也许会这么说,时间不等人啊。

她走到他身旁。"我的头。"她轻声道。

"还有我的。"说罢他展示给她看,"我觉得这是他的最爱。香蕉、菠萝、苹果、薄荷、麦芽。"

"热带黎明①?"

"没错。就这玩意。足够撂倒十头牛。"

_____

① 一种鸡尾酒。

"十头公牛。"

他把两种液体倒进搅拌机，然后启动开关。

搅拌机发出的噪音停下后，她说道："把这放进冰箱。我来沏咖啡。把那些纸杯藏好。拿的时候戴上手套。"

我们来到咖啡机前。她找出过滤器，舀了几勺咖啡豆，倒水。干得不错。

"洗几只杯子，"她叫道，"把它们摆好。准备好放车子里的东西。约翰的手套在外屋，得掸掸灰。哪儿还有个塑料袋来着。"

"行了，行了。"克劳德比她起床早，看她一副颐指气使的样子，颇有些不耐烦。而我则在尽力跟上他们的对话。

"我的东西和银行结算单在桌上。"

"我知道。"

"别忘了收据。"

"不会的。"

"把它卷起来一点。"

"卷了。"

"戴上你的手套。别用他的。"

"好！"

"你戴着那顶帽子去过贾德街？"

"当然。"

"把它放在他看得到的地方。"

"已经放好了。"

他在水槽边，正按她的吩咐清洗生锈的杯子。她毫不理会他的不耐烦，继续说道："我们得把这地方收拾好。"

他咕哝了一声。真让人绝望。好妻子特鲁迪想用一间干净的厨房来迎接她丈夫。

但这一切全是徒劳。艾洛蒂知道我父亲要来。也许好几个朋友也都知道。半个伦敦城的人都会对尸体指指点点。这两个人真是一对疯子①。我那从未工作过的母亲，可以开始她的谋杀犯生涯吗？杀人这份职业可不容易，不仅计划、实施颇费周折，还得善后，而那才是这份营生真正开始的时候。我真想对她说，即使不顾及道德，也请考虑考虑那些麻烦事吧：锒铛入狱或被判有罪或两者皆是，漫长的白昼、周末、夜晚，甚至一辈子。没有薪水，没有外快，没有养老金，只有懊悔。她正在铸下大错。

但这对情人已经被捆在了一起，也只有情人才会这样。此刻在厨房里忙活倒是让他们镇定了下来。两人清理昨晚

_____
① 原文为法语。

89

留在桌上的垃圾,打扫地上的食物残渣或者仅仅将它们扫到一边,然后用一杯咖啡灌下更多的止痛药。那就是我得到的全部早餐了。他们一致觉得,厨房水槽周围已收拾妥当。我母亲小声地发号施令,克劳德依旧一言了事。他每次都要打断她说话。也许他在重新思量。

"开心点儿行吗? 就像昨晚我们仔细分析他说的话,决定……"

"没错。"

几分钟的沉默之后,"别太快劝酒。我们得……"

"我不会的。"

她又说:"两个空杯表示我们自己也喝了一些。而那个奶昔天堂杯——"

"弄好了。在你身后。"

他话音刚落,我们就被从厨房楼梯口传来的我父亲的声音吓了一跳。当然,他有自己的钥匙。他已进了屋。

他向下面喊道:"我去卸车上的东西。马上就来。"

他的语调生硬却干脆利索。不切实际的爱已使他变得精于世故。

克劳德轻声道,"要是他把车锁了,怎么办?"

我贴近母亲的心脏,深知她心跳的节奏以及突然的变化。而现在,听到她丈夫的话语声,她的心跳加速,此外还有另一种声音,是心腔里的异常干扰,像远处有沙槌①格格作响,或是碎石在一只罐头里轻轻翻动。从我的位置,我会说这是她的半月瓣尖瓣关合太过困难,一直戳在那儿。这声音也可能来自她的牙齿。

但在外人看来,我母亲一副安详宁静的模样。她依旧掌控着她的声音,语调平稳,并未换做轻声低语。

"他是诗人。从不锁车门。我一给你信号,你就拿着东西出去。"

---

① 一种打击乐器。

第九章

亲爱的父亲：

趁您还在，我想和您聊聊。我们的时间所剩无几，远比您想的要少，所以原谅我这样开门见山。我需要撷取您的一些记忆。有一次，在您的书房，那是一个周日的清晨，突然夏雨淋淋，空气被荡涤得纤尘不染。窗户敞开着，我们听得到雨打在树叶上啪嗒啪嗒的响声。您和我母亲几乎就像是一对神仙眷侣。当时您吟诵了一首诗，那首诗比您的其他诗作都要上乘许多，我想您是第一个承认这个事实的人。简短精悍，晦涩难懂，令人黯然神伤。在还没有完全理解个中含义时，就会为这首诗击中、刺痛。在我看来，它的写作对象是一位冷漠的读者，一个失落的爱人，一个真实的人。在十四行诗中，它抒发了绝望的依恋、悲苦的希冀、无以纾解与认可的渴望。它在召唤一个与作者对等的人，这个人有才华、有社会地位或是两者兼具，而诗本身却谦恭异常。最终，时光会报复,但是没有人会在意甚至记得,除非他们偶然读到这些诗句。

　　我以为这首诗是写给这个我即将与之见面的世界的。现在我已深深爱上了它。我不知道它会怎样塑造我,不知道它是否会关心我,甚至注意到我。现在看来,它似乎并不友善,对生活、对生命都漠不关心。这样的大实话残酷、不真实,像是一场我们无法醒来的噩梦。我曾和母亲一起收听各种节目,时而入迷,时而愁闷。被奴役的少女苦苦哀求,却还是难逃被强暴的厄运。城市里遍布被用作炸弹的木桶,集市中出现被当作炸药的孩子。我们听说在奥地利,七十一名移民被遗弃在路边一辆上了锁的货车里,任凭他们惊慌失措、窒息、腐烂。只有胆大之人才敢想象车里的最后瞬间。这就是新时代。或许它们已经远去。但那首诗却让我想起了您和您昨晚的那番讲话,以及您不会——或是无法——回报我的爱。就我而言,您、我母亲和这世界是合而为一的。我知道,这么说也许有点夸张,然而这世界充满着奇迹,这就是我无可救药地爱着它的缘由。我爱您,也敬仰您。我想说的是,我害怕被遗弃。

　　所以,请用您垂死的气息,对我再说一次,再朗诵一遍这首诗吧,而我也会复述一遍给您听。让它成为您临终前最后听到的声音吧。然后,您就会明白我的意图。或者,走运一些,活下去,不要死,接受您的儿子,把我搂在您的怀里,让我成为您的小孩。作为回报,我会给您一些建议。不要下楼梯。大声地、无忧无虑地说再见,坐上您的车就走。或者,如果您非得下楼,那就千万别喝果汁,在楼下告别完就走。以后我会解释的。在那之前,我一直会是您听话的儿子……

我们一言不发地坐在厨房餐桌旁,父亲在楼上把一箱箱书搬到客厅,时不时传来砰砰的脚步声。谋杀者在动手前从来不愿多费口舌闲聊。他们口干舌燥,脉动细弱,思绪恍惚。就连克劳德也被难住了。他和特鲁迪又喝了些清咖啡。每喝一大口,他们就轻轻放下杯子,不发出任何声响。他们不用杯托。房间里有一口我先前没有注意到的时钟,它若有所思地发出抑扬顿挫的嘀嗒声。街上,一辆运货车响起的流行音乐声渐渐靠近,而后又伴着微微的多普勒效应缓缓退去,无精打采的乐队一会儿升微音程,一会儿又降,不过倒是一直与自己的曲调保持一致。它在向我传达某个讯息,但我却琢磨不透。止痛药起效了,我渴望它能让我麻木不仁,而我只觉得清醒。他们已经检查了两次,一切井然有序。杯子,药水,那"玩意",银行账单,帽子、手套和收据,还有塑料袋。

我一头雾水。昨晚我本应该好好听的。我不知道这计划是进展顺利还是即将暴露。

"我可以上楼去帮他,"克劳德终于开口道,"你知道,人多力量——"

"好,好。再等一等。"母亲无法忍受听他说完后半句。我和她在很多方面,颇为相像。

我们听到前门关闭,几秒钟后,还是那双鞋——老式皮鞋——在楼梯上发出与他前一晚上领着情人一起下楼时相同的声音,而昨晚的那一幕已经决定了他的命运。他来的时候吹着不着调的口哨,曲子更像是勋伯格①的,而不是舒伯特的。他不是为了吹口哨而吹口哨,而是为了让自己放松些。昨晚的那番讲话慷慨激昂,但他心里其实还是透着紧张。把你的兄弟和你憎恨的、那个怀了你的孩子的女人赶出这幢你心爱的房子并非易事。此刻他走得更近了。我再一次把我的耳朵紧紧贴住黏糊糊的墙。我可不愿意漏听任何一个声调的变化、停顿或是吞音。

在我这几位算不得正式的家人中间,问候欢迎语都一概省略了。

---

① 勋伯格(1874—1951),奥地利裔美籍作曲家,追求无调性创作手法,创立十二音体系。

"我倒是希望在门口看到你的行李箱。"他不乏幽默地说道,和往常一样,他选择无视自己的哥哥。

"不会的,"母亲平静地说,"坐下来喝杯咖啡。"

他坐了下来。我听到倒咖啡的声音,还有茶勺的叮叮声。

然后是我的父亲开口了:"承包商要过来把门厅里那些乱七八糟的东西弄走。"

"那不乱。那是份声明。"

"是什么?"

"是抗议。"

"哦,是吗?"

"抗议你的冷落。"

"哈!"

"冷落了我和我们的孩子。"

这倒蛮符合实际的,理由冠冕堂皇,貌似很合理。热络的欢迎客套话很可能让他提高警惕。而让他想起自己做父亲的责任——干得好!

"他们会在十二点到这儿。还有人来作害虫处理,他们会给这地方消毒。"

"不行,我们在这里的时候,他们不能这么干。"

"你决定吧。他们从中午开始。"

"那他们得等一两个月。"

"我付了他们双倍的钱就是为了让他们听我的，而且他们有钥匙。"

"噢，"特鲁迪说，带着一脸的歉意，"我很抱歉让你浪费了这么多钱。那是一位诗人的钱啊。"

克劳德突然冲了进来，特鲁迪来没想到他这么快。"我做了好吃的——"

"亲爱的，现在每个人都只想加点咖啡。"

这个令我母亲在床上欲仙欲死的男人温顺得像条狗。我开始渐渐明白，性爱如同建在山间的王国，隐秘、不受外界影响。而在山谷中的我们只知道关于它的种种流言蜚语。

克劳德站在房间的另一端，俯身在咖啡机前，与此同时，我母亲轻快地对她丈夫说道："既然说到钱，我听说你弟弟对你很好，给了你整整五千英镑！运气不错。你谢他了吗？"

"我会还他的，如果你是这个意思的话。"

"就像上次那样。"

"我也会还他的。"

"我真的讨厌你把钱都花在买烟熏器上。"

我父亲不禁开怀大笑。"特鲁迪！我几乎要想起当初为什么爱你的原因了。顺便说一句,你今天看起来真美。"

"头发有点乱,"她说,"但还是谢谢你。"她装模作样地压低声音,似乎不想让克劳德听见。"你走后,我们彻夜狂欢。"

"庆祝你们即将被赶走。"

"你可以这么说。"

我们——她和我——探身向前,我的脚在先,然后我感觉到她把手放在了他的手上。现在他靠得更近了,他的眼前就是她那甜美、散乱的发辫,绿色的大眼睛,粉嫩无瑕的肌肤散发出阵阵香水味,那是他很久之前在杜布罗夫尼克的免税店里买给她的。她还真是深谋远虑。

"我们喝了一两杯,然后聊了聊。我们下了决心。你说得对,是时候各走各路了。克劳德住的地方很好,与樱草山相比,圣约翰伍德就显得又脏又旧。我也很高兴你交了个新朋友。斯若蒂①。"

"是艾洛蒂。她很可爱。虽然昨晚我们到这儿之前还大吵了一架。"

"但是你俩在一起,看上去都那么快乐。"我注意到母亲语调有点上扬。

①　英语 Threnody,为挽歌、哀悼之意。

98

"她认为我仍然爱着你。"

这句话触动了特鲁迪。"但你自己亲口说了,我们痛恨彼此。"

"没错。她觉得我怨气冲天。"

"约翰!我该给她打电话吗?告诉她我有多么讨厌你?"

他的笑声听上去有点难以捉摸。"这下可就万劫不复了!"

我不禁想起自己的使命:一个破碎家庭中的孩子,臆想中的神圣职责便是让双亲破镜重圆。万劫不复。这是诗人的用词。失落与诅咒。我总是在一点点地提升自己的希望,就像经历过惨淡的期货市场,却仍期待着下一轮的回暖,我简直太愚蠢了。我的父母只是在闹着玩,逗乐彼此而已。艾洛蒂误会了。横亘在这对夫妻中间的不过是为了做好自我防护的冷嘲热讽罢了。

此时克劳德手端托盘,绷着脸郁郁不乐地问道:

"再来点咖啡?"

"天呐,不要了,"我父亲直截了当、不屑地回绝,他对他弟弟说话向来都是这个语调。

"我们还有一些美味的——"

"亲爱的,给我再来一杯吧。一大杯。"

99

我母亲对我叔叔说："你哥哥跟斯若蒂现在住的可能是狗窝一样的小屋子。"

"斯若蒂，"我父亲小心翼翼地向她解释，"是为逝者而写的挽歌。"

"就像'风中之烛'①，"克劳德突然说。

"看在上帝的分上。"

"不管怎么说，"特鲁迪说道，做了一些让步，"这个是婚房。等我准备好了，我就搬出去，但这周不行。"

"拜托。你知道我用烟熏器只是为了逗你。不过你也不能否认，这地方太糟糕了。"

"约翰，你要是把我逼得太紧，我可能就下定决心不走了，到时我们就法庭上见。"

"明白。但你不会介意，如果我们挪走了走廊里的那些杂物。"

"我还是有点介意的。"她沉思片刻，然后点头表示赞同。

我听见克劳德拎起那只塑料袋。他那副兴高采烈的样子就连最笨的孩子也蒙骗不了。"抱歉，我还有事要做。恶人无空闲呐！"

---

① 《风中之烛》是艾尔顿·约翰在戴安娜王妃的葬礼上献唱的经典之作。

第十章

过去,克劳德的告别辞或许会令我忍俊不禁。但最近,别问为什么,我对喜剧失了兴致,没心思锻炼——即便有那空间、火、土、文字也让我兴味索然。要知道,那些文字曾经展现过一个有着壮丽繁星的黄金世界,描绘过诗意的忧伤之美与理性的无穷乐趣。这些绝妙的电台谈话和快报,这些打动过我的了不起的播客,如今看来说好听点是高谈阔论,说难听点是臭气熏天。我即将加入的这个卓越的国家,这个崇高的人类团体,它的习俗、神灵与天使,它激昂的思想与日新月异的变化,已无法再让我心潮澎湃。现在,有一个重物狠狠地压在包裹我幼小身躯的篷盖上。我连一个小动物也算不上,遑论是人了。命运对我的安排是成为一个夭折的死胎,然后归于尘土。

这些夸大其词的阴郁想法,我渴望能在某处暗自慷慨陈述,然而当克劳德消失在楼梯口,我的父母端坐不语时,它们又再度搅得我心神不安。我们听到前门打开又关上。我竭力去听克劳德打开他哥哥那辆车的车门的声音，但听不到。特鲁迪再次探过身去，约翰握住了她的手。我们的血压微微有些升高，这表示他那生癣的手指正紧抓着她的手掌。她用降调轻轻呼唤他的名字，带着一丝娇嗔。他没有说话，我猜他是在摇头，嘴角硬挤出一点笑意，仿佛在说，好吧，好吧。看看我俩会怎样。

她诚挚地说："当初你说得对，这就是结局。但我们可以慢慢来。"

"是的，这样最好。"我父亲赞同道，他的声音愉悦、低沉，"可是，特鲁迪，就当缅怀过去，我能为你念首诗吗？"

她像个孩子似的使劲摇头，在腹中的我也随之轻轻晃了起来，但我和她都明白，对约翰·凯恩克罗斯来说，诗里的"不"就意味着"是"。

"求求你了，约翰，看在老天的分上，别念了。"

可他已经开始吸气。我听过这首诗，但那时的寓意不如此刻。

"既然无法挽救，就让我们吻别……"

我觉得他没必要把某些语句读得这般意味深长。"你再也无法从我身上得到什么"，"我让自己彻底解脱"，而非"些

102

许残存的旧爱"。最后,他的激情渐渐消逝,而此时原本只要特鲁迪愿意,他就还能恢复他的热忱,但我父亲的腔调狡黠、刻薄,将之完全否定了。

而她同样不愿意,并且说出了最后的几句话。"我这辈子再也不想听人念诗了。"

"不会了,"父亲温柔地说,"和克劳德在一起就听不到了。"

在这场双方都极通情达理的对话中,他们没有为我做出任何安排。设若是另一个男人,假如前妻不与他协商每月必须支付的赡养费,必定会起疑心。设若是另一个女人,假如不是成竹在胸,必定会索要这笔费用。但现在我已经足够大,可以为自己负责了,我要努力掌控自己的命运。我就像吝啬鬼的猫,偷偷留着一点口粮,一小点力气。凌晨时分,我就用它来给我母亲制造一场失眠,让她收听电台谈话节目。此刻我提起我的脚后跟,而不是我那柔弱无骨的脚指头,又狠又利落地踹了腹壁两脚。我觉得这像是渴望发出的孤独搏动,就是为了想听到别人提起自己。

"啊,"我母亲叹了口气。"他在踢我。"

"那我该走了。"我父亲轻声说道,"花两周时间收拾好,可以吗?"

我向他挥手，像真有这么回事儿，而我得到了什么？然后，因此，在这种情况下，这么说——他要走了。

"要两个月。稍微等一会儿，等克劳德回来。"

"除非他动作快点。"

距我们头顶数千英里的高处，一架向下飞行的飞机在空中发出滑音，它正驶向希思罗机场。我一直觉得，这声音十分吓人。约翰·凯恩克罗斯可能在斟酌最后一首诗。就像过去出行前他会吟诵一首《别离辞：莫悲伤》①。那些舒缓的四音步诗，那审慎、令人宽慰的诵调，会让我怀恋起他旧日登门拜访的伤心岁月。然而，他只是用手指敲敲桌面，清了清嗓子，就这样等待着。

特鲁迪说道："我们早上喝了贾德街买来的奶昔。但恐怕我们没给你留。"

伴随着这些话语，这起事件终于拉开了帷幕。

此时，一个呆板的声音从楼梯口处传了过来，像是来自一座剧场的两翼，而这座剧场正在上演一部劣质的烂戏，"不，我给他留了一杯。是他告诉我们那个地方的。记得吗？"

---

① 十七世纪英国玄学派诗人约翰·邓恩的名诗。

克劳德边说,边走下来。难以相信这恰逢其时的出场,这拙劣、荒谬的台词,是昨晚午夜时他俩借着酒劲排演过的。

那只带着塑料盖和吸管的泡沫塑料罐头在冰箱里,现在这冰箱被打开又合上了。克劳德把奶昔放到我父亲面前,喘着粗气,宛如慈母般吐出一个"给"字。

"谢谢。但我不知道是否能面对它。"

一开始就犯了错。为什么让卑劣的弟弟而不是魅惑的妻子把饮料拿给这个男人?他们得让他滔滔不绝说个不停,然后让我们希望他会改变主意。让我们?事情便是这样,故事就是这样发展的。若从最初就知道会有谋杀发生,我们便会不由自主地与行凶者沆瀣一气,共施诡计。当他们乘着歹意的小船扬帆起航时,我们会站在码头向他们挥手致意。旅途愉快!杀人之后逍遥法外,并不是一件容易的事,这是一种成就。此种成功的论据便是"完美的谋杀"。而完美无缺不符合人性。在船上,事情会出岔子。有人会冷不丁被解开的绳索绊倒,船只会从南行的航路上偏到西边。任务艰巨,茫然不知所措。

克劳德在桌边坐下,重重地吸了一口气,然后亮出了他的王牌——闲聊。或者是他所认为的闲聊。

"这些移民，嗯？真是个难题。他们是打加来①那儿就开始嫉妒我们的吧！那块丛林！感谢上帝创造了英吉利海峡。"

我父亲忍不住了。"啊，英格兰，与胜利之海相连，岩石嶙峋的海岸击退了善妒者的围攻。"

这些话语令他情绪高昂。我觉得我听到了他把杯子移向自己的声音。他开口道，"但是要我说，请他们都来吧。赶快！在圣约翰伍德开一家阿富汗餐馆。"

"再建一座清真寺，"克劳德说道，"或者干脆三座。毕竟有成千上万个殴打老婆、虐待女童的家伙。"

"我有没有跟你们说过伊朗的戈哈尔沙德清真寺？我曾在黎明时见过它。我站在那儿，目瞪口呆，热泪盈眶。你无法想象那缤纷的颜色，克劳德。钴蓝，土耳其蓝，紫红，橘黄，极淡的绿，水晶白，一切都介乎其间。"

我极少听他叫他弟弟的名字。此刻，我父亲被一种奇异的兴奋攫住了。他是在向我母亲炫耀，让她在将两人做一番比较之后，知道自己将要失去的是什么。

或者他是不想见到他弟弟这般令人反感的冥思苦想，而

---

① 法国北部港口城市，与英国隔海相望，曾属于英国。

此时，后者正小心翼翼地对话题作了些让步："从没想过伊朗。但沙姆沙伊赫①的广场饭店很棒。有各种花色配菜。海滩太火爆了。"

"我赞成约翰说的，"我母亲说道，"叙利亚人，厄立特里亚人，伊拉克人，甚至马其顿人。我们需要他们的年轻人。亲爱的，请帮我拿杯水。"

克劳德立刻走到厨房水池边。他站在那儿说道："需要？我可不需要在街上被剁成碎片。就像伍利奇事件②那样。"他端着两杯水回到桌旁。一杯给他自己。我想我知道事情会怎样进展。

他继续道："七七爆炸案③后我就没坐过地铁。"

我父亲自顾自说话，不理睬克劳德的言论："我看过统计结果。如果各种族间的性行为保持现状，那么五千年后地球上所有人的肤色都会是千篇一律的淡咖啡色。"

"我要为此干杯，"我母亲说。

"说实在的，我不反对，"克劳德说，"干杯。"

_____

① 位于埃及西奈半岛的旅游城市。
② 2013年5月在伦敦东南部伍利奇区，一名驻扎在附近军营的英军士兵被两名疑凶用剁肉刀当街砍死。这一恐怖袭击事件令全英震惊。
③ 2005年7月7日早上，四名受"基地"组织指使的英国人在伦敦三辆地铁和一辆巴士上引爆自杀式炸弹，造成五十二名乘客遇难，七百多人受伤。此次恐怖袭击被称为伦敦七七爆炸案。

"为种族的消亡干杯,"我父亲欢快地提议道。但我觉得他没有举杯,而是将注意力转移到了手头正在处理的事情上。"如果你不介意,周五我会带艾洛蒂过来。她想要给窗帘量尺寸。"

我的脑海中浮现出一间干草棚,一袋一百公斤的谷物被抛在谷仓地板上,然后又是一袋,接着是第三袋。这是我母亲怦怦的心跳声。

"当然可以,"她说道,一副很明事理的样子,"到时你们可以在这里吃午饭。"

"谢谢,不过那天我们会很忙。我现在该走了。路上很堵。"

椅子的摩擦声——声音很响,即便瓷砖油腻,从地面传来的声音依然像狗叫一样。约翰·凯恩克罗斯站起身来,他的语气再度变得友好和善。"特鲁迪,已经——"

她也站了起来,脑子转得飞快。我可以从她的肌肉,她顿时变僵硬的网膜褶皱感觉出这一点。她只有最后一招了,一切取决于她的举止是否足够从容自如。她急忙打断他,态度恳切:"约翰,在你走之前,我想跟你说几句。我知道我很难相处,有时甚至像个泼妇。造成现在这一切的大部分责任在我。我知道。这房子成了分手费,我很抱歉。但是你昨晚说的话。有关杜布罗夫尼克。"

"啊,"我父亲应和道,"杜布罗夫尼克。"但他已走出几英尺远了。

"你说得对。你让我想起了往事,它刺痛了我的心。约翰,我们创造过一幅杰作。此后发生的一切都无损于它的荣光。你真的很有智慧,能说出那样一番话。过去太美好了。无论未来会发生什么,都无法将它泯灭。我杯子里的虽然只是水,但我还是想举杯敬你,敬我们。谢谢你提醒我。爱情是否天长地久并不重要,重要的是它存在着。所以,敬爱情,敬我们的爱情,敬爱情原本的模样,也敬艾洛蒂。"

特鲁迪将玻璃杯举到唇边。她的会厌一上一下,蛇一般蠕动着,使我顷刻间听不到声音。认识我母亲以来,我从没听她发表过长篇大论。那可不是她的作风。但却能让人产生奇异的联想。联想到什么呢? 一个紧张的女学生,一个新任命的女班长,她兴奋激动、目空一切,但嘴里说的不过是些陈词滥调,想给校长、教职工以及整个学校留下深刻印象。

为爱情,因此也为死亡干杯,为爱神与死神干杯。两个相距甚远或截然对立的概念据说有着深刻的联系,这似乎是知识分子们心照不宣的共识。死亡与生活中的一切都是对立的,因此多种组合应运而生。艺术与死亡。自然与死亡。

还有令人忧心的——诞生与死亡。以及被人们不无欢欣地反复述说的——爱与死亡。就爱与死亡而言，在我看来，没有哪两个概念比此二者更风马牛不相及了。死者无爱，不爱人，不爱物。我只要一出去，马上就一试身手，写一部专著。这世界迫切需要一些新面孔的经验主义者。

我父亲开始讲话，声音听着更近了。他正走回桌旁。

"嗯，"他愉快地说道，"这就对了嘛。"

我发誓那杯致命的、让他们煞费苦心的奶昔就在他手里。

再一次，我提起双脚的脚后跟踹了一脚，想要踹醒他的命运。

"哦，哦，小鼹鼠，"我母亲用甜蜜、充满母性的声音叫道。"他醒了。"

"你没提到我弟弟嘛，"约翰·凯恩克罗斯说。刻意为另一人祝酒，倒是颇符合他那男子气概的诗人本性。"敬我们未来的爱情，敬克劳德和艾洛蒂。"

"那就为我们所有人干杯，"克劳德说。

一阵静默。母亲的玻璃杯已经空了。

然后我父亲心满意足地长叹了一声。声音略有些夸张，仅仅是出于礼貌。"比平常要甜一些，但还不错。"

他把塑料杯放到桌上，杯子发出空荡荡的响声。

那场景又浮现在我的眼前，如卡通灯泡般明亮。某个下雨的早晨，特鲁迪吃完早饭后在刷牙，此时电视里播放的宠物护理的节目正罗列着各种危险：不幸的小狗舔舐了仓库地板上的绿色甜味液体。数小时内便一命呜呼。就像克劳德描述的那样。一牵扯到化学，慈悲、意志、悔恨都没了用武之地。母亲那把电动牙刷的声音盖住了节目余下的内容。束缚宠物的规则也束缚着我们。"虚无"的巨大锁链同样缠绕于我们的脖颈。

"好吧，"父亲说，这其中蕴含着有他所不知的含义，"我要走了。"

克劳德和特鲁迪站在那儿。这是下毒者的伎俩，不计后果、惊心动魄。毒药已经吞下，行动尚未成功。方圆两英里内有许多医院、许多洗胃机。但他们已经越过犯罪界线。这事儿急不得。他们只能退一步，等待相反的情形，等候防冻剂把他冷化。

克劳德说道："这是你的帽子？"

"哦，是的！我要带走它。"

这会是我最后一次听到我父亲的声音吗？

我们走向楼梯，随后走了上去，诗人在前面带路。我虽

111

然长了两页肺，却没有空气能让我发出警告，或是为自己的无能为力羞愧哭泣。我还只是个海洋生物，而非如其他人那般是个人。此刻我们穿过脏乱的大厅。前门打开了。父亲转身在母亲的脸颊上轻轻一吻，又亲热地拍了拍他弟弟的肩膀。这也许是他人生中第一次这么做。

他一边往外走，一边回头喊："希望这该死的车能发动起来。"

第十一章

凌晨时分，两个醉鬼在土里种下**一株瘦弱的幼苗**。幼苗
奋力挣扎，想抓住那束细微的成功的曙光。计划是这样的：
一个男人被发现伏在汽车方向盘上，已经死去。几乎没有人
注意到在汽车后座地板上立着一只泡沫塑料杯。杯子上印
有靠近卡姆登市政厅的贾德街上一家商店的品牌标识。杯
子里残留着覆盆子果酒，里面掺了乙二醇。杯子边上有一只
空瓶，那致命的物质就来自于此。瓶子旁边丢弃着买这杯饮
料的收据，上面还印有那天的日期。驾驶座下藏着几张银行
结单，一部分属于一家小型出版社，余下的则属于某个私人
账户，但都显示着至少几万镑的透支额。其中一张结单上潦
草地写着一个词"够了！"（这是特鲁迪的"主意"），明显是死
者的笔迹。银行结单的边上，有一双死者偶尔会戴的手套，
那是为了遮掩他手上的牛皮癣。手套将它下面一张被揉成
一团的报纸盖住了一半，报纸上刊载了一篇对最近出版的一

本诗集的恶意批评。而在前排副驾驶座上,则放着一顶黑色帽子。

伦敦警察厅目前人手不足、不堪重负。老一辈的探员抱怨现在的年轻人只会盯着电脑屏幕破案,一谈到实地调查就不情不愿。一旦有其他暴力血腥的案件可查,这个案子就可以顺手结案了。手段的确不同寻常,但并不罕见,无非是过量服用了无色无味的毒药,况且还是很容易弄到手的那种,算得上是犯罪小说作者的拿手素材了。调查表明,死者的债务情况和婚姻关系都遇上了麻烦,妻子目前正和死者的弟弟同居,这导致了死者近几个月来一直郁郁寡欢。牛皮癣也在一点点摧毁他的自信心。他戴的那副用以掩盖这一疾病的手套则解释了为何现场的杯子和防冻液瓶上都没有指纹。闭路电视的监控画面显示,死者曾戴着帽子出现在奶昔天堂。那天早晨,他正赶往位于圣约翰伍德的家。很显然,他无法面对种种现实:将为人父、出版社的倒闭、诗歌创作的失败、租住在肖迪奇公寓的孤单。在跟妻子吵了一架之后,他悲痛地离开。事发后,妻子很是自责。对她的问询不得不中断数次。死者的弟弟也在场,并尽其所能地提供帮助。

但现实真的会这么简单,真的能事先作如此精密的安排吗?母亲、克劳德和我在敞开的大门前紧张地等待着。毕

114

竟,在某个行动的构想与施行中间,还存在一堆可怕的意外事件。第一次触碰,引擎转了转,但没有启动。这一点并不令人惊讶。这辆车属于爱做白日梦、写十四行诗的诗人。第二次尝试,车子还是轰鸣着失灵了,第三次,仍然如此。起动装置的声音听起来像是一个老人试图清嗓子,却因太过虚弱而未果。如果约翰·凯恩克罗斯死在我们手上,我们就全完了。如果他有幸活下来,结果也是一样。他再次尝试之前,停顿了一下,仿佛在积攒他的好运。但第四次尝试比第三次还要不争气。我想象他在挡风玻璃后面朝我们嘲弄地耸耸肩。他的模样几乎被夏日云朵在玻璃上的倒影挡住了。

"喔,天呐,"见多识广的克劳德说道,"他要注满汽化器了。"

我感觉母亲的体内涌动着无望的期待。不过到了第五次,转机终于出现。伴随着不停起伏、滑稽的爆裂声,引擎内部开始燃烧。特鲁迪和克劳德那株颤颤巍巍的植物,长成了充满希望的嫩芽。汽车倒回路上,一团蓝色废气喷向我们,母亲因此咳嗽起来。我们回到屋子里,门被砰的一声关上了。

我们没有回到厨房,而是上了楼。没人说话,然而这种沉寂——犹如奶油一样厚重——暗示着不仅仅是疲惫和酒

115

精在将我们引向卧室。苦不堪言。这是赤裸裸的不公。

五分钟以后。卧室里的戏码开始了。克劳德蜷缩在我母亲身旁,可能已经脱得一丝不挂。我听见他在她脖子边的呼吸声。他正在褪去母亲的衣衫,犹如剥去性欲的外壳,到达肉体欢愉的巅峰。

"小心点,"特鲁迪说,"这些扣子可是珍珠。"

克劳德嘟哝了一声以示回应。他的手指十分笨拙,仅仅是为他自己的需求服务。此时,一件什么东西掉落到地板上,不知是他的还是她的。是一只鞋,或者是一条拴着沉沉皮带的裤子。她的身体怪异地扭动着。急不可待。克劳德又发出一声咕哝,这是下达了命令。而我却在瑟瑟发抖。这一切太丑陋了,必定会乱套,就我而言为时太晚了。这几个星期以来我一直在念叨这个。我要遭罪了。

特鲁迪顺从地趴着。克劳德后入,但并不是为了我。他像是一只正在交配的蟾蜍,紧紧贴住她的后背。他伏在她身上,现在进入她的身体,深入其中。我的不忠的母亲几乎没有将我与这个即将要成为杀死我父亲的凶手分开。这个周六的中午,圣约翰伍德的一切都不一样了。这次不再是往日那种短促、狂暴的交融,可能会危及一个簇新头骨的健康发育,而是一场黏滞的沉溺,就好像什么迂腐之物爬过沼泽一

116

般。黏膜相互摩擦,响起轻微的嘎吱声。几个小时的筹划出
其不意地让密谋者间的做爱变得审慎起来。但两人之间没
有交流,他们机械地、缓慢地来回动着,就好像功率减半的工
业生产流程一般漫无目的。他们想要的只是释放,是例行公
事,好为自己争取哪怕几秒钟的喘息时间。最终,高潮接踵
而至,母亲惊恐地直喘气。她是害怕之后必须要面临的后果
和可能预见的一切。她的情夫则发出了第三次咕哝声。之
后他们分开,仰躺在被单上。很快我们都睡着了。

　　我们睡了一整个下午。在这段漫长时间里,我做了人
生的第一个梦,梦里五彩斑斓,视野开阔。梦与醒之间的界
限十分模糊。树林周围没有篱笆或者防火墙。十字路口只
有空荡荡的警卫站。我迷迷糊糊地走上这片新大陆,带着新
手必然有的不成形的肉体和犹豫不决。眼前,物体的形状昏
暗不明,人和场景在溶解,模糊不清的声音在拱形空间里歌
唱或交谈。当我穿行其间,我被一种难以名状、无法触及的
悔恨刺痛了。我感觉自己背弃了责任或爱,抛下了某人或某
事。这种感觉越来越明晰。我逃离的那天,寒雾弥漫,我在
马背上行进了三天,我看见闷闷不乐的英国穷人在车辙累累
的路上排起了长队,高大的榆木赫然耸立在被泰晤士河淹没
的草地上。最后,我听见了这座城市熟悉的震颤和喧嚣。街

117

上，人类排泄物的臭味与房屋的墙壁一样坚固，但在狭窄的转角，却被烤肉和迷迭香的气味完全掩盖了。我穿过一个灰黄色的入口，看到一个与我年纪相仿的年轻人。黑暗中，他坐在一张餐桌跟前，从一把陶壶里倒出红酒。他面容英俊，倚靠着一张污迹斑斑的橡木桌子，与我分享一个他心里的故事，一个他曾写过或我曾写过的故事。他想听听别人的看法，或者自己发表一通见解，可以是修正意见，或是陈述事实。又或者，他想让我告诉他接下去该怎么办。他模糊的身份是我爱他的原因之一，这种爱意几乎抑制了我想抛诸脑后的内疚。屋外的街道上响起钟声。我们挤到人群之中，等待着出殡队伍。我们知道死者是个头面人物。丧葬队迟迟没有出现，但钟声一直没有停止。

是我母亲听到了门铃声。我还没来得及从这个新奇的梦境中苏醒，她已经穿上了睡袍，我们一起走下楼。当我们走到最后一段台阶时，她惊讶地叫了起来。我猜是因为在我们睡觉的时候，那堆垃圾已经被清理掉了。门铃又响了起来，响亮、急促、恼怒。特鲁迪边开门，边大声叫道，"天哪！是不是喝醉了？我已经走得够快——"

她畏缩了。如果她对自己有信心，她就不应该在见到那些我已经目睹过的恐惧时感到震惊：一位警察，不，是两位，正在脱下他们的帽子。

一个和善、慈父般的声音说道："请问是凯恩克罗斯太太，约翰的妻子吗？"

她点点头。

"您好，我是克劳利警官。恐怕我们有一些非常不幸的消息。我们可以进去吗？"

"噢，天哪，"母亲没忘记加上这么一句。

两位警官跟着我们进入客厅。这里不常使用，因此算得上干净。如果门厅没有被清理过的话，我想我母亲会立刻成为嫌疑人。毕竟，警察工作凭的是直觉。而现在，可能留下来的挥散不去的气味，很容易让人觉得那是煮食过异国料理后的味道。

另一个声音开口了，更年轻，带着兄长一般的关切，"我们觉得你还是坐下来比较好。"

警官说出了实情。有人发现凯恩克罗斯先生的车停在北向 M1 公路的停车带，距离伦敦二十英里。被发现时，车门敞开着，而在不远处，他脸朝下趴在长满杂草的路堤上。救护车很快来了，在急速赶往医院的途中，医生试着对他进行抢救，但他还是死在了路上。

母亲开始啜泣,像是深水里有一个气泡,穿过她的身体,穿过我,慢慢上升,最终在两位关切的警察面前炸了开来。

"哦,天哪!"她喊道,"我们今天早上大吵了一架。"她向前弓起身子,我感觉到她把双手捂住脸,开始颤抖。

"我应该告诉您,"还是这位警官继续说道。他小心翼翼地停顿了一下,有意表达对这位遭受丧夫之痛的孕妇的双重关心。"今天下午我们试着联系过您。凯恩克罗斯先生的一位朋友已经来认过尸了。我恐怕我们的初步结论是自杀。"

母亲坐直身体,大喊了一声。突然,我的感情被对她的爱、她失去的一切——杜布罗夫尼克,诗歌,日常生活——压倒了。她曾爱过他,他也爱过她。放大这一点,抹去其他,就足够让她的表演令人信服。

"我本来应该……我应该把他留在这儿的。哦,我的天呐,都是我的错。"

多么聪明,越危险的地方越安全,她就躲在一目了然的真相背后。

警官说道:"人们总是说这样的话。但你不应该这样,不应该。责怪你自己是不对的。"

母亲深吸了一口气又长叹了一声。她似乎要开口,但欲言又止,再叹了一口气,鼓足勇气说道,"我应该做出解释。

我们的关系出现了一些问题。他跟别人约会,已经搬出去了。我也开始……他的弟弟搬来跟我一起住。约翰不能接受这件事。这就是为什么我说……"

她先发制人地提到克劳德,告诉警察他们之后必然会发现的事情。就算她现在公然说出了"是我杀了他"这种话,也没人会相信。

我听见尼龙搭扣撕开的刺耳声音,笔记本翻页的声音,铅笔划过纸面的声音。她用低沉的嗓音对他们说了所有她事先排练过的话,最后的结论是她有罪。她不应该在那种情形下让他自己驾车离开。

那个年轻人恭敬地说道:"您也不知道会发生这样的事,凯恩克罗斯太太。"

然后她改变了策略,用一种近乎怨怒的声音说道:"我不接受这一切。我甚至不确定要不要相信你们的话。"

"我们理解。"这次是慈父般的警官开口。他礼貌地咳嗽了一声,和他的同事一起站了起来,准备离开。"你可以打电话给什么人,让这个人过来陪你?"

母亲仔细思量了一下要如何回答这个问题。她再次弯了弯腰,用手捂住脸,透过手指,她无力地说道:"我的小叔子在这里。他在楼上睡觉。"

121

听到这句话时，这两位法治卫士或许粗鄙地交换了一下眼色。他们表现出的任何怀疑都会帮到我。

"方便的时候，我们也想跟他聊聊，"那位年轻警官说道。

"这消息会要了他的命。"

"我想你们现在就想单独待着吧。"

那条细弱的、迂回曲折的生命线又出现了，它支撑着我怯懦的期望，我期望有股外力——利维坦，不是我——会复仇。

我需要单独、安静地待一会儿。近来，我对特鲁迪的技艺太过专注、太过沉迷，以至于忘了窥探我自己悲伤的内核。此外，还有一个谜团我没有解开：为何我对母亲的爱会与对她的恨同比例增长。她让她自己成了我唯一的亲人。没有她，没有那双深邃的绿色眼眸可以让我展露笑颜，没有那慈爱的声音在我耳边甜言蜜语，没有那冰冷的双手轻抚我的私处，我便无法存活。

警察走了。母亲转身上楼，步伐缓慢沉重。她紧紧抓着扶手。走两步停一下，走两步停一下。她的嘴里重复着渐弱的嗡嗡声，鼻孔里则呼出遗憾或悲伤的哀叹。唉……唉。我了解她。某种东西正在累积，那是报应的前奏。她精心策划了一个阴谋，彻头彻尾的诡计，一则邪恶的童话。现在，她那异想天开的故事正在弃她而去，就像今天下午我在梦中越过了边界。但跟我的方向相反，那故事经过没有哨兵的警卫站，奋起抗击她，并与社会现实、与日复一日的单调乏味——工作日、人类交往、约定、责任、摄影机、存储着残忍记忆的电脑——站在一起。简而言之，那些种种不堪的后果。这则童话已落荒而逃。

承受着醉意和失眠的击打，她拖着肚子里的我继续朝卧室走去。这招永远不会奏效，她对自己说。这不过是我愚蠢的怨恨。我只是犯了个错而已。

下一步已近在咫尺，但她还不想跨出去。

第十二章

我们走向熟睡中的克劳德,他驼着背,钟形曲线般的鼾声被床单隔绝。呼气之后,一阵长而凝滞的呻吟,这呻吟临近末尾时夹着咝咝声响。紧接着是一段长久的暂停,假如你爱他,你可能会紧张害怕。这是他的最后一口气吗?假如你不爱他,这有希望成为他的最后一口气。但最终,是一次更短促、贪婪的吸气,伴随着风干了的黏液的嘎嘎声,以及在微风习习中,软腭发出的得意洋洋的呜呜声。越来越高的音量宣告我们已经靠得很近了。特鲁迪喊了他的名字。我感觉她把手伸向他,而他在咝咝声中一头栽了下去。她是那么迫切,她需要分享他们的成功,她粗鲁地抓住他的肩膀。他咳嗽了一下,半条命回来了,就像他哥哥的车一样,过了一会儿才说得出话,问得出问题。

"他妈的,怎么了?"

"他死了。"

"谁？"

"天哪！醒醒。"

他从深睡眠中被拉回来，现在不得不坐在床沿——吱嘎作响的床垫说明了这一点，等待他的神经电路重新接上，让他重新回到他的人生故事之中。我还太小，不会将这样的接线视为理所应当。那么，刚才他在哪儿？哦，对了，企图谋杀他的哥哥。真的死了？终于，克劳德清醒了。

"喜出望外！"

此刻他想要站起来。他发觉现在已经是下午六点了。他来了精神，站了起来，矫健地伸展双臂，骨头和软骨嘎嘎直响，然后边兴高采烈地在卧室和浴室之间穿梭，边抑扬顿挫地吹着口哨。轻柔的音乐传入我的耳朵，我知道那是《出埃及记》的主题曲。在我刚刚形成的耳朵听来，这首曲子气势磅礴，有一种腐化的浪漫格调，而在克劳德听来，那是赎救人心的管弦乐诗。他很快活。与此同时，特鲁迪默默地坐在床上。一切正在酝酿之中。最后，她干巴巴地跟他说了警察的到访，警察有多么友善，尸体是如何发现的，以及死因的初步推测。听到这一件件坏消息，克劳德无不应和着说"太棒了"。他轻哼一声，俯身向前，去系鞋带。

她说："你是怎么处理那顶帽子的？"

125

她指的是我父亲那顶宽毡帽。

"你没看到吗？我给他了。"

"他怎么着？"

"他走的时候拿在手里。别担心。你多虑了。"

她轻叹了一声,沉吟片刻。"那两个警察太好了。"

"失去了丈夫的妻子,就这样。"

"我不信任他们。"

"坐好了,静观事态发展。"

"他们会回来的。"

"坐……好。"

他狠狠地蹦出这两个字,中间阴险地停顿了一下。阴险,或者暴躁。

现在他再次走进浴室,梳理头发,没有再吹口哨。气氛正在发生变化。

特鲁迪说:"他们想跟你谈一谈。"

"当然了。我是他弟弟嘛。"

"我跟他们说了我俩的事。"

他沉默了一会儿,然后说道:"有点傻。"

特鲁迪清了清嗓子。她舌头干涩。"不,才不傻呢。"

"让他们去查呗。否则他们会以为你在掩饰什么,想要

126

先下手为强。"

"我告诉他们,约翰因为我们的事心情低落。另一个原因导致他——"

"好吧,好吧。还算好。也许是真的呢。不过。"他的声音越来越轻,他不确定自己觉得特鲁迪究竟应该知道什么。

即便她没有先动手杀约翰·凯恩克罗斯,他也可能会为爱她而殉情——这样的想法里既含着痛楚,又带着愧疚。我觉得她不喜欢克劳德漫不经心,甚至不屑一顾的腔调。这只是我的猜想。无论你和他人有多么亲近,即使你在他们的身体里,你也永远走不进他们的内心。我想此刻的她觉得自己受了伤。但她什么都没说。我们俩都知道这一刻很快就会来临。

老问题来了。说实在的,克劳德有多傻呀? 对着浴室镜子,他总算跟上了她的思路。他知道该如何应对约翰这件事引发的情感纠纷。他大声喊道:"他们一定会想跟那位诗人聊聊的。"

想到艾洛蒂是一大慰藉。特鲁迪体内的每一个细胞都昭示着她的丈夫必死无疑。她对艾洛蒂的恨远超她对约翰的爱。艾洛蒂要遭罪了。幸福的血液迅速流遍我的全身,而我旋即就被冲浪者完美的破碎波冲得老高,那是原宥与爱的浪潮。一阵高耸而倾斜的平滑滚筒般的浪汐可以将我带到我可能开始眷念克劳德的地方。但我奋力抵抗。间接地接受我母亲每一次情感的冲击，以及与她的罪行越来越紧密地联系在一起，这让我变得越来越渺小。但当我需要她的时候，我很难与她分开。这样的感情波动，我需要将其转化为爱，就像牛奶转化为黄油。

她用甜美的声音，若有所思地说道："哦，是的，他们需要和艾洛蒂聊聊。"接着，她又加了一句："克劳德，你知道我爱你。"

但他并不买账。这话他听得太多了。他不接她的话茬，而是说："我不介意做谚语里那只'墙上的苍蝇'①。"

哦，谚语里的苍蝇，哦，墙，他什么时候才能学会好好说话，不让我难受？说话不过是思维的一种形式，可以肯定，他就像他看上去那么愚蠢。

与浴室里的回声一同响起的是他轻描淡写地转换了话题："兴许我已经给我们找到了一个买家。不过成功的概率不大。过一会儿我再和你细说。警察留下名片了吗？我想知道他们叫什么。"

_____

① 英语谚语"墙上的苍蝇"指不被察觉的观察者。

她不记得,我也记不得了。她的情绪又有了变化。我猜想她一边说一边目不转睛地盯着他:"他死了。"

确实令人惊愕,简直难以置信,事关重大啊,就像刚刚宣告世界大战爆发,首相向全国发表演讲,一家人挤在一起,灯光变得暗淡,其中原因当局不肯透露。

此刻克劳德紧紧靠在她身边,他的手放在她的大腿上,把她拽向自己。终于,他们接吻了,唇齿相接,呼吸交融。

"确确实实死了,"他对着她的嘴低声道。他勃起的阴茎顶住我的背。然后向她耳语,"我们干成了。一起干的。我们一起干得真漂亮。"

"是的,"她在热吻间隙说道。他们的衣服簌簌作响,我很难听清他们的对话。她的热情或许不及他的。

"我爱你,特鲁迪。"

"而我也爱你。"

这个"而"字有某种不受约束的意味。先前,是她进他退,现在则倒了过来。这是他们的舞蹈。

"抚摸我。"这算不上是一道命令,因为他那恳求的声音很小。她拉开拉链。罪恶与性,性与内疚。更多的二元性。她的手指柔软灵巧的动作传递出阵阵愉悦。但还不够。他在按她的肩膀,她低下身子,双膝跪地,用嘴含住了"他",就像我以前听他们说的。我无法想象我自己想要这样的事情。不过，让克劳德在许多英寸之外得到满足，这倒不失为一大慰藉。让我烦恼的是，她吞下去的东西最终会成为营养品，一路来到我这里，好让我有一点点喜欢他。可我又怎么会喜欢他呢？要不然食人族为何不吃笨蛋？

很快就结束了，仅仅就喘了口气的时间。他退后一步，拉上拉链。我母亲吞咽了两次。他没有给予任何回馈，而且我认为她也不想要什么回馈。她走过他身边，穿过卧室，在窗前站定，背对着床。我想她是在凝望窗外林立的高楼。我曾经梦见我的未来就在那幢高楼里，现在这噩梦离得更近了。此刻，她默默地念叨着，更多的是对自己说，因为此时他又在浴室里洗澡："他死了……死了。"她好像还不相信这个事实。几秒钟之后，她低声说了一句，"哦，我的天哪。"她的双腿在颤抖。她快要哭了，但是不，她不能掉眼泪，这事太非同小可了。她尚且还没弄懂自己的事情呢。这两件相互纠葛的事实无比沉重，而她站得太近，无法全然看清这双重的恐怖：他的死，以及她在其中扮演的角色。

我恨她，也恨她的悔恨。她是怎么离开约翰走向克劳德，怎么离开诗歌走向愚蠢的陈词滥调的？一步步走入肮脏的泥潭，与她的白痴情人同流合污，躺在垃圾里，沉溺于性交中,密谋窃取房屋,让一个善良的男人承受巨大的痛苦,屈辱地死去。现在面对自己的所作所为,她喘着粗气,瑟瑟发抖,仿佛女凶手另有其人——某位不幸的姐姐从紧锁的病房里逃了出来,满脑子都是毒药,失去了控制;一个面容丑陋、嗜烟成瘾的姐姐,历来是家族的耻辱,人们提起她时,总会长叹一声,再感叹一句,"哦,天哪",然后虔敬地低声呼唤我父亲的名字。就这样,就在同一天,她毫不脸红地从杀手转换成了一个自怜自哀的角色,转换过程天衣无缝。

克劳德从浴室中出来,出现在她身后。搭在她肩头的这双手是刚刚从性高潮中释放出来的男人的手,这个男人热衷于实际事物与世俗投机,渴望世俗的遐想,与让人目眩神迷的勃起格格不入。

"你知道吗?有一天我正在看书,突然意识到我们原本应该用苯海拉明①的,它是一种抗组胺药。人们都说,俄国人当初就把这药用在间谍身上。他们将他装在一个运动袋里,把药灌入他的耳朵。在离开之前打开暖气装置,这样化学品就会在他的身体组织里毫无痕迹地溶解,再把这个袋子扔进浴室,可不想让液体滴在楼下邻居的——"

---

① 一种用于治疗过敏的药。

131

"得了吧。"她并没有厉声说这句话。话语中更多的是无奈。

"说得对极了。适可而止嘛。不管怎样,我们达到目的了。"他轻声地诱哄,"他们说你完蛋了,你的行为太粗鲁,不过我们都挺挺挺过来了。"卧室的地板在我母亲的脚下微微颤动。是他在跳一小段舞蹈。

她没有转身,而是静静地站着。她在恨他,就像刚才我恨她那样。现在他站在她身旁,与她一同凝望窗外风景的同时,想去拉她的手。

"问题是,"他郑重其事地说道,"他们会分别跟我们谈话。我们应该统一口径。就这样。他今天上午来这里,来喝杯咖啡。心情非常沮丧。"

"我说我们吵了一架。"

"好。什么时候?"

"就在他快离开的时候。"

"吵什么呢?"

"他想让我搬出去。"

"好。就这样。他今天上午来这里。来喝杯咖啡。心情非常沮丧——"

她叹了口气,如果是我也会这样。"听着。一切如实相

132

告,只是略去奶昔,添上吵架。我们不需要排练。"

"好。今晚。今晚,我来收拾杯子,收拾所有的东西。三个地方都要收拾。还有一件事,他一直戴着手套。"

"我知道。"

"你在收拾厨房的时候,没有一点一滴的奶昔给——"

"我知道。"

他离开她的身旁,转了个身在房间里拖着脚走路。他觉得成功在望,他神不守舍,心痒难耐,激动万分。可她却没有像他那样,这大大增加了他的烦躁。还有事情要做,即使没有,那还有事情要计划。他很想出去。但是去哪里呢?此刻他半哼半唱着一首新歌。"宝贝,宝贝我爱你……"我并没有释然。他回到我们身边,而她却浑身僵硬地靠着窗,他没有意识到危险。

"卖房子的时候,"他停止哼唱,说道,"在我内心深处,我一直觉得我们应该低于市场价出手以防万一,我们得快——"

"克劳德。"

她轻轻叫了两声他的名字,第二声更轻。她是在警告他。

但他还要一个劲地说。我从未见过他如此开心,或者如此令人厌烦。"这家伙是搞建筑的，是个开发商。根本不需要过来看。面积就摆在那儿。一幢公寓啊。然后赚一笔——"

她转过身。"难道你根本没有注意到？"

"注意到什么？"

"你真的是这样难以置信的愚蠢？"

问到点子上了。不过克劳德也已转变了情绪。他能听出危险来。

"让我们听听。"

"这事没引起你的注意。"

"说得清楚点。"

"今天，就在几小时之前。"

"嗯？"

"我失去了我的丈夫——"

"不！"

"一个我曾经爱过，也爱过我的男人。他塑造了我的人生，赋予了它意义……"她的喉咙发紧，无法再说下去。

这下克劳德来了劲。"我亲爱的小老鼠，那可太糟了。你说失去。过去你又把他放在什么位置上？你上次跟他做爱是在哪里？你肯定把他放在某个地方了。"

"住嘴!"

"失去! 现在让我想想。我知道了! 我刚刚想起来。你把他留在 M1 的马路边上,任凭他躺在草丛中,满肚子全是毒药。我们居然忘了这个!"

他可能还要滔滔不绝说下去,这时特鲁迪手臂一挥,扇了他一巴掌。这可不是女士的轻拍,而是抡起拳头狠狠一击,就连我的脑袋也被甩到了一边。

"你满脑子都是怨恨,"她说道,出乎意料地平静。"因为你永远在嫉妒。"

"好吧,好吧,"克劳德说,他的声音有一点模糊,"千真万确。"

"你恨你的哥哥,因为你永远也成不了他那样的人。"

"而你到最后还爱着他。"克劳德又开始假惺惺地惊叹道,"有人对我说了句精妙绝伦的话是怎么说来着,是昨晚还是前晚说的? '我想让他死,明天就得死。'这可不是那个被我哥哥塑造了人生、深爱着他的妻子说的吧。"

"是你把我灌醉了。你大部分时候干的就是这个。"

"第二天早上,又是谁为爱干杯,哄骗那个塑造了她人生的男人举起一杯毒药? 肯定不是我哥哥深爱的妻子。哦,不,不是我亲爱的小老鼠。"

135

我理解我的母亲,我知道她的心思。往事历历在目。这桩他们密谋、实施的罪行,如今回忆起来,像是一个物体,一尊在林中空地里不可撼动、冷冰冰、带着责备神情的石雕。隆冬严寒的午夜,一轮残月高悬,特鲁迪正在一条结了霜的林间小路上奔跑。她转身回望远处的那个雕像,一部分雕像已被光秃秃的树枝和薄雾遮盖。她发现那桩罪行——她思绪中的这个物体——根本就不是罪行。那只是个错误。它一直如此。她一直都满腹狐疑。她离得越远,就看得越清晰。她只不过是犯了错,她不是坏女人,不是罪犯。这罪行肯定发生在树林里的另一处,肯定是别人干的。一件件事实都表明是克劳德犯下了主要的罪行,这一点无可争辩。他冷嘲热讽的腔调,保护不了他,只能证明他有罪。

　　然而。然而。然而她是那么炽热地想要他。每当他把她叫做他的小老鼠,她便会震颤不已,她的会阴会不由自主地收缩,一个冰冷的吊钩就会将她拖向下面狭窄的凸起物,令她想起从前沉迷过的那些裂隙,她一次次从中侥幸逃脱的死亡之墙。他的小老鼠!多么丢人啊。受他掌控。是他的宠物。无力。胆怯。让人轻视。随时会被丢弃。哦,做他的小老鼠!她知道这多么疯狂。难以抗拒。她能抗争吗?

　　她到底是个女人,还是一只小老鼠?

第十三章

克劳德嘲讽完了一番之后,随之而来的是**一阵莫名的沉默**。他或许在为刚才的挖苦暗自后悔,或是因为原本欢欣鼓舞的心情被打断而愤愤不平。特鲁迪或许同样愤懑不已,或者她想继续做他的小老鼠。当我正掂量这种种可能性之时,他离开了她的身边,坐到乱糟糟的床尾,敲起了手机。她依旧站在窗前,背朝着房间,面向属于她的伦敦一角、逐渐稀稀拉拉的夜间交通、分散各处的鸟鸣声、菱状的夏日云朵和杂乱的屋顶。

末了,她开口了,语气平淡、郁郁不乐。"我是不会为了让你成为有钱人而卖掉这栋房子的。"

他立刻做出回答,依旧是尖锐的嘲讽:"不,不。我们可以一起成为有钱人。或者,你要是愿意的话,我们也可以蹲在不同的监狱穷困潦倒。"

这番话是威胁,讲得很巧妙。她能相信他说的话吗?他真的会把她和他自己都拉下马吗？这是消极的利他主义。损人而不利己。她应该如何回应呢？趁她还没答复，我还有时间思考。不得不说，这样含蓄的勒索，让我有点吃惊。从逻辑上讲，她应该提出同样的建议。从理论上讲，他们势均力敌，可以互相牵制。离开这座房子，再也别回来。不然我就去找警察，我们两个都得完蛋。不过，就连我也知道，爱情不受逻辑控制，也不是力量的均衡分配。情人们经历过创伤，怀揣渴望，才得以初吻彼此。他们并非总想占人便宜。有人需要避风港，有人心心念念只想要超现实的狂喜，为了达到目的，他们不惜撒弥天大谎，或是做出荒谬的牺牲。但他们很少会问自己他们需要或想要什么。对于过去的失败，人们总是不长记性。不论这样做是否有益，童年总是透过成人之肤而显现。而约束人格的遗传定律也是如此。爱人们不知道这世间没有所谓的自由意志。广播剧我听得不够多，知道的东西仅此而已，不过，流行歌曲教我懂得，在情人眼里，五月和十二月带给他们的是不同的感受，而那些没有子宫的人可能无法理解拥有子宫的人的想法，反之亦然。

特鲁迪转过身来，面向室内。她的声音轻柔、恍惚，让我心生寒意："我害怕。"

她已经发现他们的计划怎么出了错，尽管前期出现了各

138

种成功的迹象。她在颤抖。坚称自己是无辜的,终究行不通。她知道,要是和克劳德争吵,形单影只的她会有多孤独。这是他头一次这么嘲讽她,这让她恐惧,让她不知所措。他们的所为破坏了他的嗓音、他的触摸、他的吻,但她还是想要他。我父亲死不瞑目,他的魂魄挣脱了停尸板或是不锈钢抽屉的束缚,飘荡在夜空之中,穿过北环路,越过伦敦北部千篇一律的屋顶,出现在这间房间里,停留在她的发梢、她的手上,在克劳德的脸上———一张发光的面具,面无表情地瞪着手中的手机。

　　"听着,"他郑重其事地说,"明天的本地报纸会这样报道,在 M1 公路路口的停车带,发现一具男性尸体,等等。过往司机给紧急服务机台打了近一千两百多通电话,等等。经警方女发言人证实,该男子在被送达医院后即宣告死亡,等等。死者姓名不明……而关键是,'现阶段警方未将这起死亡事件列为刑事案件'。"

　　"现阶段,"她轻声道。然后她提高嗓门:"可你不明白我想要……"

　　"想要什么?"

　　"他死了。死了!这太……而且……"她哭了起来,"我觉得心痛啊。"

克劳德不过是在讲道理。"我以为你想要他死,现在你却……"

"哦,约翰!"她叫道。

"所以我们要鼓起勇气,顶住压力。继续——"

"我们……干了一件……伤天害理的事,"她说道,没有注意到自己在无意识下,说话变得结结巴巴。

"一般人没有胆量干我们干的事。瞧,这里还有一份报纸。《卢顿先驱邮报》报道'昨天早晨——'"

"别说了! 求求你别说了!"

"好吧,好吧。反正内容都差不多。"

现在她感到气愤了。"他们写'死人',这对他们来说没什么。几个字而已。打字嘛。根本不知道那意味着什么。"

"但他们没错。我刚好知道这一点,全世界每分钟有一百零五个人死亡,差不多每秒两个。你不妨从这个角度来想。"

她停顿了两秒钟来理解这话,然后笑了起来,一种无用、苦涩的笑,笑着笑着又开始啜泣,最后她终于说出了一句话,"我恨你。"

他靠近她,把手放在她的手臂上,在她的耳边呢喃:"恨?别再让我兴奋了。"

但是她已经让他兴奋了。他亲吻她，她的脸颊上还挂着泪水："求求你别这样，克劳德。"

她并没有避让，也没有把他推开。他的手指在我头部下方的位置，缓缓地移动着。

"哦，不，"她边低声说，边向他靠近，"哦，不。"

在伤心欲绝的时候做爱？我只能这么推论。不堪一击的防线，软组织变得更加柔软，情感的活力屈服于对粗鄙放纵的幼稚信赖。我希望我永远都不知道这其中奥妙。

他拉着她走向床，脱掉她的凉鞋和棉质夏裙，再一次将她喊作他的小老鼠，虽然只叫了一次。他按着她的背，把她推倒在床上。同意与不同意之间的界限非常模糊。一个沉浸在悲伤中的女人撅起她的臀部，是不是就默许了自己的运动短裤可以任人脱下？我的答案是否定的。她已经把身子翻转到一侧——她唯一采取的一次主动。与此同时，我在酝酿一项计划，怀着破釜沉舟的决心。我的最后一击。

他跪在她身旁，大概已经赤身裸体了。在这样一个时间，还有什么更糟的吗？他很快就揭晓了答案：在怀孕的这个阶段采用有很高医疗风险的传教士体位。他轻声命令——这正是他的魅力所在——将她翻过身来，仰卧着，用手背满不在乎地狠狠打了一下，分开她的双腿。之后床垫发

141

出的声响告诉我,他已经准备好了把他肥硕的身躯往我身上压。

我的计划?此刻,克劳德正在开掘隧道,向我进发,我必须尽快行动。我们在巨大的压力下,剧烈摇晃,嘎吱作响。一阵尖锐的电子音在我的耳畔呼啸,我的双眼凸起,痛得厉害。我需要动用我的手臂和我的双手,但空间太小了。我得说快点:我打算自杀。我的叔叔肆意侵犯一位晚期妊娠的孕妇,致胎儿死亡,这无异于杀人。他会因此被捕、受审、获刑、坐牢。这样,我父亲的仇就报了一半。之所以说只报了一半,是因为在宽容的英国,杀人犯不会被施以绞刑。我要让克劳德为他的消极利他主义付出应有的代价。我需要母亲肚子里的那根绳索来了断自我,我要在脖子上缠上三圈勒死自己。我隐约听见母亲在叹息。父亲自杀身亡的谎言会成为我自缢的导火索。生活模仿艺术。胎死腹中——一个去除了悲剧意味的中性词汇——有一种纯朴的魅力。此刻突然有什么东西在重击我的脑袋。那是克劳德在加快速度,他在急速奔驰,一边粗哑地喘息着。我的世界颤动摇晃,不过我的绞索还在原位,我紧握双手,用力把绞索往下拉,弯腰曲背,全神贯注。这多简单啊。滑溜溜的绳索勒紧了我的颈总动脉,那是割喉者钟爱的重要血管。我能做到。再用力点！我感到头晕目眩,摇摇欲坠,听觉味觉触觉交错在一起。我的眼前愈加黑暗,从来没见过那么黑,我仿佛听到母亲在轻声作别。

当然,要杀死大脑就得扼杀要杀死大脑的想法。就在我的生命开始消逝的刹那,我的拳头没了力气,我又活了回来。顿时,我听到了生机勃勃的生命迹象——亲密的呢喃声,仿佛穿过廉价旅馆的墙壁向我传来。这声音越来越响,越来越响。那是我母亲发出的声音。听,她正沉浸在一场惊险的战栗中。

然而,我自己的死亡监狱外墙太高了。我爬不上去,又跌了回来,回到这座监狱的运动场,默默苟活。

终于,克劳德挪开了他那令人作呕的肥大身躯——我要向他的不持久致敬——于是我重获了属于自己的空间,尽管双腿发麻。此刻,我在恢复体力,而特鲁迪则躺了下来,她累坏了,全身绵软,并且像往常那样悔不当初。

最让我恐惧的不是天堂和地狱的主题公园——高空飞车,汹涌人流,我可以忍受永被遗忘的屈辱。我甚至不介意自己不知道会是哪种情况。我害怕的是错失良机。平常不过的心愿也好,纯粹的贪念也罢,我首先想要的是活命,想要得到我应有的一切,想要拥有无尽岁月中属于我的那一小撮时光以及一个能拥有自己思想的真真切切的机会。在未来的几十年里,我能在一颗自转的星球上碰碰运气。这便是我的高空飞车——生命之墙。我渴望尝试。我渴望蜕变。换句话说,有一本我想读的书,一本只有一个开头、尚未写就、更未出版的书。我想要从头到尾读完《我的二十一世纪史》。我想要占据书的最后一页,在我八十岁出头的那当儿,尽管羸弱却依旧精神矍铄,在 2099 年 12 月 31 日的那天夜晚跳上一支吉格舞。

我的生命可能在那一天到来之前就会结束,所以它是一部惊悚片,暴力,煽情,过度商业化,是一本带有恐怖元素的梦想手册。不过,我的生命也注定会是一个爱情故事,一则有着非凡创造的英雄传说。看一看几百年前的人类前传便可窥知一二。纵观人类过往的历史书,至少前半部分都让人兴味索然,但又引人入胜。其中不乏颇为可取的章节,比如关于爱因斯坦,关于斯特拉文斯基①的。在这本新书中,会有许多未解决的故事情节,其中一个是这样的:不发生核冲突,九十亿位主角会侥幸逃生吗? 不妨把之想象成一项有身

① 斯特拉文斯基(1882—1971),俄裔美籍作曲家,早期代表作有舞剧《春之祭》、《火鸟》等。

体接触的运动。排好战队。印度对战巴基斯坦,伊朗对战沙特阿拉伯,以色列对战伊朗,美国对战中国,俄罗斯与美国、北约为敌,朝鲜对抗全世界。为了增加得分机会,可以再添加几支战队:非国家运动员也可以来。

我们的主角是下了多大的决心要让他们的炉膛变得过热?依照数位怀疑者的预测或希望,地面温度只要上升一点六度,加拿大西北地区的冻原就会融化,带来堆积如山的小麦、波罗的海沿岸林立的小酒馆以及各色炫丽的蝴蝶。从比较悲观的角度来看,狂风肆虐下如果温度升高 4 度,便会引发洪涝和旱灾,造成政治动乱。在关涉局部利益的次要情节中悬念:中东是否会依旧处在混乱之中,中东人民是否会涌入欧洲并为它带来永久性的改变?伊斯兰会有可能将狂热的极端势力浸入改革的冷水池中吗?以色列会向那些因它而背井离乡的人民割让出一两寸的沙漠吗?在宿怨、小规模民族主义、金融危机和冲突面前,欧罗巴长期以来渴望团结的梦想很可能化为泡影。或者她也可能朝着那个方向继续前行。我得知道。未来美国会不会悄然衰落?不太可能。中国会不会树立良心?俄罗斯呢?全球金融和企业呢?我们还需要考虑那些人类一直面对的极富诱惑的事物:性与艺术,美酒与科学,大教堂,风景,意义的更高追求。最后,是无穷的私欲。我自己的则是——赤脚站在海滩上，围着篝火，有烤鱼，柠檬汁，音乐，有朋友相伴，有人——不是特鲁迪——爱我。这是我在这本书中与生俱来的权利。

因此，我为自己试图自杀羞愧，为它以失败告终而欣慰。我必须用别的方式报复克劳德（他正在浴室里高声哼唱，传来阵阵回音）。

距离他扒光我母亲的衣服才过去十五分钟，我感觉我们正在进入今晚的一个新阶段。水龙头正放着水，他大声叫喊着说自己肚子饿了。那有辱人格的一幕已经过去，母亲的脉搏也恢复了平稳，我相信她又要开始重新扮演之前那个无辜的角色。在她看来，克劳德在这个时候说想吃晚饭是不合时宜，甚至是冷酷无情的。她坐直身子，拉上裙子，在被单里找到她的短裤，穿上凉鞋，走到梳妆台的镜子前。她扎起自己乱糟糟的头发，那是她丈夫曾在诗中赞美过的金色卷发。这给了她平复和思考的时间。她准备在克劳德用完浴室以后再进去。现在，一想到要靠近他就让她心生厌恶。

这份厌恶让她重新打定了要扮纯洁、要行事果断的主意。几个小时前，她还是占据支配地位的一方。她可以再度掌控局势的，只要她不再乖乖地和他发生令人作呕的性行为。此刻，她感觉不错，精神焕发，心满意足，若无其事，但是那只小怪兽一直在等待着她,这只小怪兽还可以再次壮大为一只野兽,扭曲她的思想,令她沉沦——她就会成为克劳德的女人。不管怎么样,要掌控全局⋯⋯我想象她在镜子前面,歪斜着她那娇俏的脸蛋,捻卷另一绺头发,陷入了沉思。像早上在厨房里那样发号施令,设计下一步,那就意味着承认了过错。要是她能够像一个饱受打击的寡妇一样沉浸在无可指摘的悲伤中就好了。

眼下,还有很多实际任务要完成。所有弄脏的用具、塑料杯和搅拌机都需要拿到离家较远的地方处理掉。厨房里的污痕也需要清洗。只有咖啡杯可以先放在桌子上,不用洗。做这些单调的家务活可以让她在这一个小时里远离恐惧。或许,这也是为什么她将手爱抚地放在怀着我的、隆起的肚子上,那里正靠近我的腰背部。一个充满爱意、对我们未来怀抱无限憧憬的姿势。她怎么可能想到要把我送走?她需要我。我会让她更显无辜,更觉悲伤,这些都是她要营造的。母与子——一个伟大的宗教曾围绕这有力的象征编织出种种非凡的故事。我坐在她的膝盖上,手指朝上,我能让她免受诉讼。而另一方面——我是何等地讨厌这样的说法——母亲没有为我的到来做任何准备,没有衣物,没有家具,没有情不自禁地给我营造一个安乐窝,也从未刻意与我逛过商店。所谓母爱满满的未来只不过是个幻想。

　　克劳德从浴室里出来，直奔他的手机。他现在满脑子想的都是吃的，他要点一份印度菜外卖，他嘴里就在这么嘀咕。她绕过他的身边，准备去洗个澡。我们洗完了澡，他还在打电话订外卖。他没有点印度菜，而是点了丹麦菜——露馅三明治，腌鲱鱼，烤肉。他点得多了，这是犯下一桩命案后的自然冲动。他点完餐时，特鲁迪已经收拾停当：扎起辫子，洗漱完毕，换上干净的内衣和新的连衣裙，脚上的凉鞋也换成了皮鞋，喷了点香水。她掌控着局面。

　　"楼梯下的橱柜里有一只旧帆布包。"

　　"我先吃了再说。饿死了。"

　　"现在就去。他们随时可能回来。"

　　"我会按照我自己的方式干。"

　　"你得听——"

　　她真的会把"听我的"说出口吗？她对他的态度转变得真快啊，就在刚才，她还是他的宠物，现在却反过来把他当作小孩一样看待。他本可以无视她，或许还会吵上一架。但现在他正接起电话。电话那头不是来确认订单的丹麦人，用的手机甚至也不是刚才订外卖的那只。我母亲走了过去，站到他的身后，默默注视着。那不是陆线电话，而是视频门铃电话。他们俩惊讶地盯着屏幕。那头传来失真的声音,听不清较低的音域,这个声音在恳求,尖细又刺耳。

"拜托了。我现在需要见你!"

"哦,天哪,"母亲无比厌恶地说,"现在不行。"

然而,克劳德还在为刚才受她差遣而恼怒,现在,他终于有理由借机维护自己的自主性了。他按下按键,挂上电话,顷刻间一阵沉默。此时此刻,他们彼此间无话可说。或者有太多的话要说。

接着,我们都下楼去迎接那位猫头鹰诗人。

第十四章

在我们下楼之际，我有时间进一步思考方才没有及时决断的幸运，思考自缢者弄巧成拙的套索。某些努力从一开始就注定失败，这倒不是因为人的胆怯懦弱，而是由于这些行为本身的特性。比如飞行的裁缝弗朗茨·艾香德，他坚信自己的发明可以拯救飞行员的生命，于是在一九一二年穿着袋状降落伞衣，从埃菲尔铁塔上纵身一跃。起跳前他犹豫了四十秒钟。最后他身体前倾，踏入虚空之中，上升的气流包裹住了紧紧绑在他身上的布料，他就像一块石头那样落地。事实摆在他的眼前，他的降落伞服违背数学定律。他在铁塔脚下冻结的巴黎地面制造了一个十五厘米深的浅坟。

当特鲁迪在第一个楼梯平台慢慢转弯的时候，我突然经由死亡，了悟了复仇的真相。我看得越来越清楚，感到如释重负。复仇：这是一股本能的冲动，十分强烈——可以原谅。在被侮辱、被欺骗、被伤害后，没有人能够抗拒为报仇出谋划策的诱惑。而我的经历则更为惨痛,所爱之人被人谋杀,我想入非非,报仇心切。我们是社交动物,我们曾用暴力或威胁使用暴力的手段挟制彼此,正如群聚的狗。我们生来就渴望控制他人,以获得身心的愉悦。如果一个人的想象力不是用来演绎、沉溺和重复这些血腥的可能性的话,还有什么用呢? 在一个无眠之夜,复仇或许已被施行了上百次。这股冲动,这一梦寐以求的意愿是人之常情,再普通不过,我们应当宽恕自己。

不过,那只为了复仇而举起的手,那真真切切的暴力举动是被诅咒的。数学证明了这一观点。一个人一旦开始他的报复行为,便无法回头,没有慰藉,不会安心,一切都会改变。只会再度犯下新的罪过。在你开始报复之前,先挖好两个坟墓,孔子曾如是说道①报复会瓦解一种文明,只会让人永久地感到发自内心的恐惧。可怜的阿尔巴尼亚人就是很好的例子,他们长期受法典威慑,盲目崇尚氏族间的仇杀。

因此,即使在我们来到父亲珍贵的书房外的楼梯平台时,我已决定不再付诸行动,今生或者来世都不再为父亲的

---

① 系后人误传,实则是日本谚语"人を呪わば穴二つ",意为如果诅咒别人,你就等于挖了两个坑,一个留给别人,一个留给自己,亦即是"害人者亦害己"。

死报仇，尽管没有免除意欲报仇的思想。我也宽宥了自己的懦弱。克劳德的死换不回我父亲的命。艾香德犹豫了四十秒，而我将踌躇一生。不要率性妄为。如果我刚刚成功自缢身亡的话，那么病理学家记下的死因不会是克劳德，而是那条脐带。他记录下的只是一次不幸的意外，不是什么稀罕事。我要是死了，母亲和叔叔反而会松一口气，这可不是他们应得的。

我之所以可以在我们下楼的这段时间里思绪万千，是因为特鲁迪下楼的速度堪比最慢的懒猴。只有这一次，她的手紧紧握住了楼梯的扶栏。她一步下一个台阶，走走停停，若有所思，唉声叹气。我知道目前是什么情况。客人的造访将会耽搁必要的家务时间。警察随时可能回来。特鲁迪无心与他人争宠。这里有个地位先后的问题。在辨认尸体这一点上，她已被人占了先——这让她难以释怀。艾洛蒂新近才成为我父亲的情人。也可能他们在一起的时间不短。可能在搬到肖迪奇之前她就跟我父亲好上了。这又是一个需要包扎的生疼的伤口。可是艾洛蒂为什么在这个时候来呢？她肯定不是来寻求安慰，也不是来安慰人的。见鬼，她可能知道或掌握了一些见不得人的小道消息。她可能会把特鲁迪和克劳德赶出去。或者是来敲诈勒索的。也可能是来商讨葬礼安排的。或者这一切都不是。不，不！无数的猜测等着我母亲去——否定。母亲该有多累啊，独自承受着所有的这些（宿醉，谋杀，消耗精力的性事，妊娠后期），她不得不运用她的意志，将自己过多的怨恨施加到一个客人身上。

然而，她已经下定了决心。她的辫子将她的想法牢牢地瞒住了所有的人，除了我，而她的内衣——我感觉，是棉质，不是丝绸的——和夏日印花短裙，衣着宽松而不臃肿，一切都恰到好处。她裸露的粉色手臂和双腿，涂着紫色指甲油的脚指甲，展露出她无可争辩的美丽，这美艳令人生畏。她的容貌就如一艘一线作战的军舰，迫不得已之下全副武装，战争一触即发。这是一个好战的女人，而我则是船头荣耀的船首像。她走下楼来，步态轻盈，边走边歇。她将应对即将发生的一切。

我们走到门厅的时候，已经开始了，而且这开头就很糟糕。前门开了又关上。艾洛蒂已经进来了，在克劳德的怀里。

"是的，是的。好啦，好啦，别伤心了。"他对不停哭泣、话都说不连贯的艾洛蒂咕哝道。

"我不该。我错了。但是我。噢，对不起。对你来说。发生这事。肯定很。我不能。你哥哥。我情不自禁。"

母亲站在楼梯脚下，表情僵硬，疑心重重，不仅仅是怀疑这位到访者。她在为约翰的事情而苦恼。所以，这是吟游诗人的悲伤。

艾洛蒂还没有注意到我们。她的脸一定是朝着大门。她在断断续续的抽泣声中说出了她来访的目的。"明天晚上，会有五十位诗人，从不同的地方赶来。噢，我们都爱他！在贝思纳尔吟诗悼念他。格林图书馆。或者图书馆外面。点上蜡烛。每人念一首诗。我们真心希望你到时候也能来。"

她停下来擤了擤鼻子。这样她便挣脱了克劳德，看见了特鲁迪。

"五十位诗人，"他无奈地重复着她的话。还有什么比"诗人"这个概念更让他厌恶的呢？"好多人呀。"

她几乎停止了啜泣，但她话语间的悲痛再度让她潸然泪下。"哦。你好，特鲁迪。我很，很抱歉。如果你或者。可以说些什么。不过我们也理解。如果你。如果你不能。这很不容易。"

我们只能任由艾洛蒂沉浸在哀恸中，她越哭越响，开始发出一种咕咕声。她想要表达歉意，最终我们听到她说，"和你所经历的相比。唉，太抱歉了！我不该说这话。"

在特鲁迪看来，她说得对。母亲再次被篡位。她一动不动地站在楼梯边上，悲痛欲绝，号啕恸哭。门厅里无疑还残留着余臭，我们就像待在垃圾堆边上。我们听着艾洛蒂在诉说，时间一秒一秒地在流逝。现在该干点什么呢？克劳德有了答案。

"我们下楼吧。冰箱里有普伊芙美葡萄酒。"

"不喝了。我刚缓过劲来。"

"这边请。"

当克劳德引领她，经过我母亲身旁的时候，母亲和克劳德之间一定有过眼神交流——母亲必定用指责的眼神盯着他，而他只是冷漠地耸了耸肩。即便是近在咫尺，这两个女人也没有相互拥抱，甚至都没有肢体接触或对话。特鲁迪让他们走在她的前面，她紧随其后，一起下楼到了厨房。厨房里乱糟糟的，乙二醇和贾德街买来的奶昔就藏在哪个角落里。

"如果你喜欢的话，"母亲说道，她的双脚正踩在黏乎乎的地板上，"我敢肯定克劳德愿意为你做上一份三明治。"

这一看似善意的提议背后暗藏讥讽：在这种场合说这句话是不合宜的；克劳德这辈子从来没有做过三明治；这屋子里没有面包可以做三明治；两片面包中间除了咸味坚果粉

155

末外没有馅可以夹。而且在这样的厨房里做出的三明治，谁肯大胆地吃下去？母亲的话语很有针对性，她没有提议自己来做；她出其不意地故意把艾洛蒂和克劳德放在一起。这是她无声的谴责，断然的排斥，冷酷的隐身而退，不过摆出一副友好的姿态而已。母亲的这一做法我虽然不赞同，但却让我刮目相看。这样优雅的教养不是从播客中学来的。

特鲁迪表现出来的敌意收效甚好，艾洛蒂开始谨言慎行。"我现在什么也吃不下，谢谢你。"

"你可以喝点什么，"克劳德说。

"我可以喝点。"

接着是一连串熟悉的声音——冰箱门的开合声，开瓶器一不小心碰到玻璃瓶发出的叮当声，拔出软木塞时的响声，以及昨晚用过的玻璃杯在水龙头下的冲洗声。普伊酒庄。就在桑塞尔的对岸。有什么理由不喝上一杯普伊葡萄酒呢？现在差不多是晚上七点半。在又一个闷热的伦敦夜晚，这样一颗颗小小的葡萄连同它们雾灰色的花朵对我们来说是再合适不过了。但是我想要的更多。这一个礼拜我和特鲁迪好像都没吃过什么东西。听见克劳德用手机订外卖，我不由得馋虫大动，我渴望能吃上一盘不起眼的传统美食，比如苹果鲱鱼。嫩滑的烟熏鲱鱼，柔软的新鲜土豆，浇上初榨的上乘橄榄油,配上洋葱和欧芹碎——我满心希望能有这样一道主食。让它配上普伊芙美酒,那该是一顿多么雅致的晚餐。但我该怎么说服我母亲呢?若能说服我母亲,我便能轻而易举地割断我叔叔的喉咙了。我的第三种选择,美食配美酒的愿望好像从未如此遥不可及。

现在我们所有人都坐在饭桌前。克劳德倒上酒,一同举杯向我死去的父亲致以沉重的悼念。

打破沉默的是艾洛蒂,她语带敬畏地低声说道:"不过自杀,一点……一点也不像是他的作风。"

"噢,是吗,"特鲁迪拖长语调,她看到了一个机会,"你认识他多久了?"

"两年。当时他在教——"

"那你不会知道他的抑郁症。"

我母亲的这番轻声细语击中了我的心。先是罹患精神疾病,继而自杀,多么合乎逻辑,这样的故事带给我母亲的信心,对她来说是一种多大的安慰啊。

"我哥哥不太懂得享乐。"

我开始明白,克劳德不是一个一流的骗子。

"你们说的这些,我不知道,"艾洛蒂小声说,"在我眼里,他总是那么慷慨。尤其对我们,你们知道的,年轻一代——"

"完全不同的一面。"特鲁迪淡定地接过话茬,"我很高兴他的学生们从来没有见过他的这一面。"

"甚至在小时候,"克劳德说,"有一次他拿着铁锤,向我们——"

"现在不是说这事的时候。"特鲁迪打断了他的话,这让他说的事情更有趣了。

"你说的对,"他说道,"不管怎么说,我们都很爱他。"

我感觉到母亲举起了手,用手捂住脸,或是擦拭泪水。"但他从来没有接受过治疗。他不肯承认他有病。"

无论是我母亲还是叔叔都不会喜欢艾洛蒂接下来说的话,那是一种抗议,或者说是抱怨。"这一点也不符合情理。他当时正在去卢顿的路上,去付印刷费,用现金付账。他那时高兴极了,总算可以结清一项债务。他还打算今晚来念诗,在国王学院的诗社里。你知道的,过去我们三个人就像一支互援团。"

"他爱他的诗,"克劳德说。

艾洛蒂的痛楚令她提高了音调。"他为什么要把车停在路边呢,为什么要……? 就像那样。他已经写完了他的书,还入围了奥登奖。"

"抑郁症是很残忍的。"克劳德的这一洞见让我感到惊讶，"你生命中所有美好的事物都会因抑郁而烟消云散——"

我母亲插了进来。她的声音很难听。她受够了。"我知道你比我年轻。但真的要我把话说清楚吗？公司负债，个人负债，工作不顺心，在他不想要的时候有了孩子，妻子跟他弟弟有一腿，慢性皮肤病，还有抑郁症。听清楚了吗？你还嫌情况不够糟，还来凑热闹，什么念诗、获奖，还来跟我说这不符合情理？你上了他的床。算你走运行了吧。"

这回轮到特鲁迪被打断了，打断她的是一声尖叫和椅子向后倾斜掉到地上发出的砰的响声。

我注意到在这个时候我的父亲已经变得模糊。他就像物理学中的一颗粒子，在离我们远去时，摆脱了我们对他的界定：一个固执、成功的诗人、老师、出版商，镇静地筹划要收回他的房子，他的祖屋；或者说是一个不幸的、受人愚弄、被戴了绿帽子的人，那个不谙世事的傻瓜、负债累累、缺乏天赋。一个版本我们听得越多，就越不相信另一个版本。

艾洛蒂发出的第一个声音，既是一个词，也是一声啜泣。"从来没有！"

一片静默。我感觉克劳德和我的母亲先后伸手去拿他们的酒。

"在昨晚之前我根本不知道他想要说什么。那都不是真

159

的！他想要你回来。他只是想方设法要让你嫉妒。他从来没想过要把你赶出去。"

她弯下腰扶正椅子，声音轻了下来。"这就是我来这里的原因。亲口告诉你这一切，你最好搞清楚情况。什么事都没有！我们之间什么事都没有发生！约翰·凯恩克罗斯只是我的编辑，我的朋友，我的老师。他帮助我成为一名作家。清楚了吗？"

我不为所动，满腹狐疑，不过他们相信了她的话。对他们来说，知道艾洛蒂不是我父亲的爱人这件事情，是一种解脱，但我却认为这引发了另外一些可能性。眼前这个不合时宜到访的女人，她见证了支撑我父亲活下去的所有理由。太不幸了。

"请坐，"特鲁迪轻声地说，"我相信你。请你别再大喊大叫了。"

克劳迪再次倒满两个酒杯。普伊芙美葡萄酒对我来说，太淡太有刺激性了。或许我还是太年轻，不适合这样的场合。且不说夏夜的酷热，强劲的波美侯葡萄酒可能更适合此刻情绪激动的我们。要是这里有个地窖就好了，现在我下到地窖，在满是灰尘的幽暗中，从架子上取下一瓶酒。我可以静静地在那里站一会儿，眯起眼睛看酒瓶上的标签，把酒带上楼时,为自己的明智点击节叹赏。在我看来,成年人的生活就像是遥远的绿洲,算不上海市蜃楼。

我想象我的母亲裸露着胳膊,双臂交叠放在桌上,眼神沉稳清澈。没有人能猜到她内心的痛苦。约翰只爱她一个人。他是发自肺腑地提起杜布罗夫尼克,而他宣称的仇恨,想要勒死她的梦,他对艾洛蒂的爱——一切都是怀揣希望的谎言。但她不能就此垮掉,她必须坚定。她为自己设定好了一个行为模式,一种情绪,让自己在郑重其事的打探时,不至于显得不友好。

"你认过尸了。"

此时,艾洛蒂也镇定了不少。"他们曾试着找你,但你没有应答。他们拿到了他的手机,看到他给我打过几个电话。都是有关今晚的读诗会——没有别的。我叫了我的未婚夫和我一起去,我一个人太害怕了。"

"他看上去怎么样?"

"她是说约翰,"克劳德说。

"我很吃惊。他看上去很平静。除了……"她深深地吸了一口气。"除了他的嘴。他大张着嘴,嘴角快咧到两边耳朵,笑得像个精神错乱的人。不过最终他的嘴还是合上了。对于这一点我很欣慰。"

我从我周围的子宫壁以及子宫壁之外、深红色的心腔，感觉到我的母亲在颤抖。她的身体要是再出现这样的细微变动，她就毁了。

第十五章

在我意识形成之初，我的一根手指不听我的使唤，拂过
两腿间的一个虾状凸起物。虽然这"虾"和我的指尖到大脑
的距离并不相同，但两者却同时感受到了这次触碰。这是神
经科学的一个有趣话题，称为意识结合问题。数天后另一根
手指也发生了这种现象。又经过一段时间的发育，我渐渐明
白个中真意。一个人的出生决定他的命运，而人的命运就像
是数码进制。就出生这事而言，则只能是二进制。这道理何
其简单。说来奇怪，每个婴儿在诞生之初所遇到的基本问题
就这样解决了。或男或女，非此即彼。别无他者。没人会在
新生命呱呱坠地那电光石火的一瞬惊叹，看，是个人！他们
只会高呼：是个女孩，或者是个男孩。要么粉色要么蓝
色——相比只卖黑色汽车的福特公司来说，这已经算一个小
小的进步。只有两种性别。我大失所望。如果人类的身体、
心灵、命运都是这般错综复杂，如果没有什么哺乳动物能像

我们这般自由，为什么要限制性别？起初我愤愤不平，继而像其他所有人一样，我平静了下来，充分利用我的遗传基因。毫无疑问，既然我迟早会出生，会变得复杂世故，那么，我的设想是，到时候，在我降临人世时，我是一个生而自由的英国人，一个英国、苏格兰和法国后启蒙运动时代的产物。正如风雨和岁月会形塑岩石和树木的样貌，未来的欢乐、冲突、经验、思想以及个人判断也将雕塑我的人格。此外，禁锢中的我还有别的担忧：酗酒，家丑，风雨缥缈的未来——可能面临银铛入狱，或终身被"收养"，遭受利维坦命运之神的漠然处置，被一掌拍下十三层地狱。

但最近，在我追踪母亲与犯罪之间不断变换的关系时，我记起人们对粉蓝问题的新安排有种种传言。对心中的冀盼，你可要谨慎。大学生活中，有一条新策略。这一题外话也许好像无关紧要，不过我倒打算尽早践行。物理，盖尔语，任何科目。我总得感兴趣才行。现在那些算是受过教育的年轻人染上了一种奇怪的风气。他们行进在路上，有时怒气冲冲，但多半比较困苦，渴求权威的祝福，渴求权威认可他们选择的身份。或许这是西方衰落的新表象。或者，是自我的升华和解放。一家社交媒体网站①引人注目地推出七十一

---

① 此处指的是美国社交网站 Facebook。

164

种性别选项——中性、双灵魂、双性……想要什么颜色都有，福特先生。说到底，出生并不能决定命运，这让我欣喜雀跃。那虾状的突起既不会限制我的人生，也不会固定我的命运。我宣告，我是谁由我做主。即便我生为白人，我也可以说自己是黑人。反之亦然。我可以自认为残疾，或者选择性残疾。如果我是信徒，就很容易受伤，一旦我的信仰受到质疑，我就会皮开肉绽，鲜血直流。而一被冒犯，我就蒙受天恩。如果流言蜚语像堕落天使或邪恶精灵一样在我身旁（哪怕一英里都太近）转悠，我就需要在校园里找一间专门的安全房来避难，这安全房得有培乐多彩泥玩具，电视上循环播放着小狗嬉戏的镜头。啊，智慧的生活！假如恼人的书籍或观念咄咄逼人，挨我太近，像条病狗似的搅扰我的头脑，威胁我的生命，在我脸上、脑袋上喘气，我就需要提前预警。

我感，故我在。就让贫穷去乞讨，让气候变化在地狱里肆虐吧。社会正义可以淹没在墨水中。我要做一名有七情六欲的激进分子，我的灵魂大声叫嚷着，抗争着，于泪水和叹息中奋力在我脆弱的自身周围营造种种氛围。自我，这将是我的珍宝，我唯一的真正财富，是我追寻唯一真相的途径。这个世界必须像我一样爱护、培育和保护我的自我。如果我就读的大学未能祝福我、认可我、予我所需，我就将脸埋在副

165

校长的胸前痛哭一场,然后要求他引咎辞职。

子宫,或者这个子宫,并不是一个这么不好的地方,颇像我父亲最喜爱的一首诗①里描写的坟墓那样,是个"很不错的隐秘之地"。将来等我上了学,我也要给自己营造一个子宫一样的环境,把英国佬、苏格兰佬和法国佬的启蒙精神都搁在一边。什么真实,什么干巴巴的事实,什么讨人嫌、装腔作势的客观性统统滚开。情感才是王后。除非她自称为王。

我知道,还没出生就这么毒舌不太好。为什么要打岔?因为我母亲与新时代同步。也许她不知道这一点,但她与时俱进。她作为谋杀者的身份已成事实,成为她身外世界的一个标签。不过那是旧观念了。她断定并打心眼儿里认为自己无辜。即便她在竭力清除厨房里的痕迹时,她仍觉得自己是清白的,因此自己就是个清白之人——几乎是吧。她的悲恸,她的泪水,都证明了她的诚实。她自己也开始相信约翰是因抑郁而自杀的。她几乎将车里伪造的证据信以为真。只有说服自己,她才能心安理得、一如既往地骗人。谎言会变成她的真相。然而,她苦心经营的这一切,既生疏又不堪一击。我父亲只用一个惨淡的微笑就能将其颠覆,而那会心

---

① 指安德鲁·马维尔(1621—1678)写的《致羞涩的情人》(*To His Coy Mistress*)。

的阴笑此刻就冷冷地挂在他尸体的面庞上。这就是为什么母亲需要艾洛蒂来证明自己的无辜。这也说明为什么她现在带着腹中的我一起身体前倾，温柔地倾听这位诗人吞吞吐吐的言辞。因为艾洛蒂很快就会被警方找去谈话。她的信念将指引她的记忆，决定她的判断，所以必须加以妥善引导。

和特鲁迪不一样，克劳德掌控自己的罪行。他颇具有文艺复兴的气质，是一个诡计多端的老牌混蛋，深信自己可以逍遥法外。他并不是透过主观的迷雾来观照世界；他眼中的世界好像是透过水或玻璃，折射出愚蠢和贪婪，将一个和真相一样尖锐而鲜明的谎言铭刻在他的内心荧屏上。克劳德并不知道自己愚昧。一个蠢货怎能知晓自己愚蠢？也许他会在陈腔滥调的灌木丛中蹒跚穿行，但他明白自己的所为及其原因。他会手舞足蹈，绝不回望过去，就算有天被抓了，被惩罚了，那也不是他的错，谁叫他运气差，这种倒霉事儿都给他撞上了。他可以取得遗产，享有属于理性人类的终生职位。启蒙运动的敌人会说，他是启蒙精神的化身。胡说八道！

但我知道他们说这句话的意思。

167

第十六章

　　我看不透艾洛蒂,她就像一首记忆模糊的歌——其实像一曲未完成的旋律。当她在大厅里与我们擦身而过时,当她——在我们的臆想中——还是我父亲的女朋友时,我留心聆听皮外套发出的那撩人的嘎吱嘎吱声。但是,不,今天她穿着柔软的衣裳,而且也更艳丽,我想。今晚,她准会在诗歌会上出一番风头。她悲戚地哭泣时,那声音是多么的纯净;而她说到自己去太平间,紧紧抓住未婚夫的手腕时,她的声声啜泣越来越轻,令人联想起喉咙中发出的文雅的吞咽声,仿佛她在吃一盘可口的油煎快菜。此刻,母亲伸出胳膊,紧握着坐在餐桌对面的艾洛蒂的手,我听到后者说话又恢复了之前那公鸭般的嘶哑嗓音。我母亲的信任让艾洛蒂渐渐放松,同为诗人的她赞扬起我父亲的诗歌来。她最爱的是他的十四行诗。

　　"他用对话风格写诗,但意韵隽永,乐感十足。"

她使用的时态正确无误,听起来却异常唐突。她这样说,仿佛约翰·凯恩克罗斯的死已被充分确认,完全接受,公开承认,就像罗马之劫一样,虽令闻者伤怀,但已成为往昔。特鲁迪会比我更介意这个。虽然我习惯于认为父亲的诗一文不值。但今天,一切都有待于重新评价。

特鲁迪声音凝重,矫情地说道:"要对他作为一名诗人所取得成就做出全面的评价,需要很长时间。"

"哦,对,哦,没错! 不过有一点已经很明了。他已超越休斯。堪与芬顿①、希尼②和普拉斯③比肩。"

"都是响当当的名字,"克劳德说。

这就是我不理解艾洛蒂的地方了。她在这儿干吗呢?她就像科律班忒斯④那样狂歌乱舞,一会在中心,一会在边缘。盛赞我父亲的诗或许能给我母亲带来安慰。如果真是这样,那她就想错了。或许是悲痛扭曲了她的判断。这倒情有可原。或许是她的高傲与她的资助人的妄自尊大密切相关。那就不可原谅了。又或许,她是要来找出杀死她爱人的

---

① 詹姆斯·芬顿(1949—   ),英国当代诗人、文学批评家、牛津大学诗学教授。
② 谢默斯·希尼(1939—2013),爱尔兰诗人,1995 年获诺贝尔文学奖。
③ 西尔维娅·普拉斯(1932—1963),继艾米莉·狄金森和伊丽莎白·毕肖普之后最重要的美国女诗人。
④ 希腊神话中女神西布莉的祭司。

凶手的。那可就有意思了。

我是该喜欢她呢，还是该怀疑她？

母亲倒很喜欢她，一直不肯放开她的手。"你应该比我更清楚。那么好的天分是要付出代价的。不仅仅是他自己要付出代价。他对所有不熟的人都很和善。对陌生人也一样。人们说他'和希尼一样善良'。虽然我对他没有知根知底，也没读过他的诗，但我知道约翰的心里很痛苦——"

"不!"

"自我怀疑。永久的精神创痛。鞭笞钟爱的人。但又极其苛待自己。才终于写出了那首诗——"

"然后太阳喷薄而出。"克劳德对嫂子的意思心知肚明。

她高声说道："那对话风格？想从他的灵魂中攫取它，是一场旷日持久的恶战——"

"噢!"

"私生活毁了。而现在——"

一说到这个小小的、影射当下命运的词，她不禁哽噎了。在这个重新评估我父亲和他的诗的日子里，我可能错了。但我一直觉得我父亲写得太快，简直轻松到被人诟病。他曾将一篇这么批评他的诗评大声朗读给我母亲听，好显示他对这些评价毫不在乎。在他众多的辛酸来访中，有一次，我听到他对母亲作诗时,诗兴如果不能立刻涌现,那就不应勉强。畅达,自有一番别样的魅力。所有人创作艺术时都渴望能有莫扎特的状态。说完,他又嘲笑起自己的推测。特鲁迪是不记得了。而且,她永远也不会知道,即便她谎称父亲的心理疾病,他的诗也说明了一切。鞭笞?从灵魂深处扯出来?这根本不是父亲!

但他们留下了这样的印象。冷酷的母亲,她知道自己在说什么。

艾洛蒂耳语道:"我根本不知道。"

然后,又是一阵沉默。特鲁迪热切地等待着,就像一个布好了鱼饵的垂钓者等鱼上钩。克劳德说了一个词,只发了个元音,就没了下文,我猜,是她用眼神阻止了他。

我们的访客如同演戏似的开始了。"约翰的教导铭刻在我心中。比如什么时候该断行,'绝不随便换行。把控好方向。要言之有理,和谐统一。要慎之又慎'。要熟悉韵律,这样你就能'娴熟地中断节拍'。还有'形式不是囚笼。它是个你想离却离不开的老朋友'。而情感呢,他说'别完全敞开你的心扉。小小一处细节就可揭示真相'。以及'诗为心声,不要为写诗而写诗。写写教区大堂里慵懒的傍晚吧'。他让我们读詹姆斯·芬顿那天才的扬抑格诗作。之后,他布置下一

171

周的作业——写一首四小节的四步扬抑格诗,且以不完整音步结尾。我们都笑话这繁冗难解的作业。他让我们吟唱一首范例,是一曲童谣。'男孩女孩出来玩。'然后他背诵了奥登的'秋之歌'。'叶子落得快了/保姆的鲜花也不再长久。'为什么行末缺一个音节会有这么大的影响? 他的问题我们答不上来。那么一首诗如果恢复弱音节呢?'温迪让我脱得更快/温迪在摩擦床单。'他熟知约翰·贝杰曼①的'纽伯利室内游戏',逗得我们咯咯直笑。说到那次作业,我写了我的第一首关于猫头鹰的诗——用了和'秋歌'一样的韵律。"

"他要我们背诵自己最得意的诗,这样在第一次朗诵时才能放开手脚,脱稿站在台上。这个想法差点吓晕了我。听啊,现在我不知不觉地用起了扬抑格!"

大概只有我才对韵律的话题感兴趣。我觉察到了母亲的不耐烦。这话题聊得太久了。如果我得屏息的话,这得屏到现在。

"他给我们买饮料,借我们钱,我们永远还不了,耐心听我们倾诉交男女朋友的烦恼,与父母吵架,所谓作家的瓶颈

---

① 约翰·贝杰曼(1906—1984),英国诗人,作品以抒发思乡怀旧的感情著称,对英国古建筑亦颇有研究,诗作有《贝杰曼诗集》、诗集《高与低》等,1972年被封为桂冠诗人。

吧。他为我们圈子里一位喝得醉醺醺的准诗人保释。他写推荐信，为我们争取助学金或在文学杂志谋个小职位。他喜欢的诗人我们也喜欢，他的观点渐渐成了我们的观点。我们收听他的电台访谈节目，参加他送我们去的诗歌朗诵会。我们还参加他的个人诗歌朗诵会。我们熟知他写的诗、他的趣闻轶事、他的口头禅。我们以为对他了如指掌，可我们从没想到，约翰，这个成年人，这位大师，也有自己的烦恼。或者，我们从未想到，他怀疑自己的诗歌，就像我们怀疑我们的一样。我们主要是担心性和钱。与他的痛苦不可同日而语。我们早知道就好了。"

鱼儿咬饵了。绷紧的鱼线在不住地颤抖。猎物已入囊中。我感觉母亲松了口气。

那颗神秘的粒子——我的父亲——在逐渐变大，变得愈发严肃正直。我在自豪与愧疚中间挣扎。

特鲁迪的声音很勇敢，也很和善："这也只会是一样的结局。你别自责。我和克劳德，我们知道这一切。该做的我们都做了。"

听到特鲁迪提到他的名字，克劳德回过神来，清了清嗓子。"无药可医。这是他最致命的敌人。"

"你走之前，"特鲁迪说，"我想送你一件小东西。"

173

我们爬上通往门厅的楼梯，来到二楼。我和母亲悒郁地走在前头，艾洛蒂跟在后面。这样做一定是为了方便克劳德收拾他非处理不可的东西。此刻，我们站在书房里。我听到年轻诗人在环视三面墙上满满当当的诗集时，深吸了一口气。

"很抱歉这里有一股霉味。"

这些书，以及书房的空气，已在举哀。

"我想要你从中取一本。"

"哦，那不行。您难道不想完整保存吗？"

"我想要你拿。这也会是他的心愿。"

于是，我们等待她做决定。

艾洛蒂甚为尴尬，因此很快地取了一本。她回到母亲身旁，给她看她所选的书。

"约翰在书上写了他的名字。彼得·波特的《严肃的代价》。里面有'一场葬礼'。又是一首四音步诗。美妙绝伦。"

"哦，对。他来这儿吃过一顿晚餐，我想。"

话音刚落，门铃大作。比往常的声音要响，时间更久。母亲一下紧张起来，心怦怦乱跳。她害怕什么呢？

"我知道您会有很多访客。今天太感谢您——"

"嘘！"

我们悄悄走上楼梯平台。特鲁迪小心翼翼地靠在栏杆上。这会儿可要谨慎了。我们隐约听到克劳德在打可视电话,然后听到他由厨房上楼的脚步声。

"噢,该死的,"我母亲低声道。

"你还好吗？需不需要坐一会?"

"我想是的。"

我们退回房内,躲到从前门一眼看不到的地方。艾洛蒂扶着我母亲坐到那张绽裂的皮面扶手椅上,当初她曾窝在这椅子里做着白日梦,听她丈夫给她朗诵诗歌。

我们听到前门开了,一阵轻声细语后,门又关上。只有一个人的脚步声从门厅传来。自然,是送丹麦菜外卖的,这份露馅三明治将会满足我想吃鲱鱼的愿望。我的一部分愿望。

这一切特鲁迪都注意到了。"我送你出去。"

他们下了楼,走到门口,就在艾洛蒂准备离开的时候,她转身对特鲁迪说道:"我明天早上得去趟警察局,九点钟。"

"我很抱歉。让你为难了。把你知道的全都告诉他们就好。"

"我会的。谢谢。谢谢您送我这本书。"

他们拥抱,吻了吻对方,然后她走了。我猜想她拿到了自己想要的东西。

我们回到厨房。我感觉很奇怪。饥饿、疲惫、绝望。我担心特鲁迪会对克劳德说她吃不下饭。那门铃响过之后就再也吃不下了。人一害怕就恶心想吐。我会胎死腹中，活活饿死。我和她与饥饿构成一体，而且可以肯定的是，那些锡纸餐盒都已撕开。她和克劳德正站在餐桌旁狼吞虎咽，桌上没准儿还放着隔夜的咖啡。

他嘴里塞得满满的，说："都收拾好了，准备走？"

腌鲱鱼、泡黄瓜、裸麦粗粉面包上的一片柠檬。它们没过多久就到了我这儿。我很快被一阵刺激的味道唤醒，比血还咸，那是广阔的大海里孤独的鲱鱼成群游过的腥味，它们一路向北游向清澈黑暗的冰水里。这一阵阵刺骨的北极微风泼向我的脸，仿佛我正无畏地站在一艘勇闯北极自由冰川的大船船首。那边，特鲁迪一片接一片地吃着三明治，直到最后一片她啃了一口，又扔到一边。她站不稳了，需要一把椅子。

她嘟哝道："太好吃了！瞧，眼泪。我高兴得泪流满面。"

"我要走了，"克劳德说，"你一个人哭去吧。"

已经有很长时间，这地方对我来说都太小了。现在，我太大了。我的四肢紧紧地蜷在胸前，脑袋挤在我唯一的出

176

口。我就像戴着一顶贴头帽一样头顶母亲的身体。我腰酸背疼，身体变形，指甲也该剪了。我精疲力竭，在那片幽暗中留恋徘徊，麻木没让我终止思想，反而让思想越发自由。饿了，然后睡觉。满足了一个需求，另一个需求便取而代之。永无休止，直至需求演化成纯粹的冲动或享受。其中的道理接近我们处境的核心。但那是对他人而言的。我被腌渍着，鲱鱼载着我远游。我骑在这一大群鱼的背上，一路向北进发，而当我最终到达目的地时，我将听到音乐，不是海豹的歌声或冰川的吟唱，而是消失中的证据、流个不停的水龙头、溢满泡沫的肥皂水发出的声响；我将听到锅碗瓢盆在午夜哐啷作响，有人把椅子倒扣在厨房餐桌上，好让地板和撒落一地的面包屑、头发丝和老鼠屎重见天日。是的，当他再次引诱她上床，称她为他的小老鼠，使劲捏她的乳头，用谎意犹存的呼吸、废话连篇的舌头覆盖她的双颊时，我就在那儿。

而我什么也没做。

第十七章

　　我在几近寂静中醒来,发现自己横躺着。像往常一样,
我仔细倾听。除了特鲁迪平稳的心跳,除了她的呼吸和叹
息,以及她胸腔发出的微弱的嘎嘎声,还有身体发出的汩汩
之声,这具身体由关爱与规则构成的一条条隐藏的网络所维
护,就像深夜运作井然的城市。在墙壁的那头,我听见叔叔
富有节奏的鼾声,不过声音比平常轻些。屋外听不到车辆的
喧嚣。换作别的时候,我也许会尽可能舒服地翻个身,重新
沉入无梦的酣睡中。但是此刻,前一天获知的令人难以置信
的真相就像一块尖片刺穿了如精巧薄纱般的睡眠。然后,每
件事,每个人,自愿出演的小角色,都从这道裂口溜了进来。
谁是第一个？我微笑的父亲,刚刚听说他彬彬有礼,才华横
溢,尽管这样的描述让人难以接受。与我绑缚在一起的母
亲,注定会对她又爱又恨。残暴、好色的克劳德。艾洛蒂,讲
究韵律的诗人,不靠谱的扬抑抑格。还有懦弱的我,无须复

仇,除了思考以外,无须做任何事。这五个形象在我眼前一一显现,扮演着在每起事件中他们各自的角色,然后是过去可能扮演和可能将要扮演的角色。我无权发号施令。我只能袖手旁观。时间飞逝。

后来,我被各种声音吵醒。我整个人倾斜着,这说明我母亲正靠着枕头坐在床上。屋外的交通还没像平时那样繁忙。所以我猜现在是早上六点。我最担忧的是,这一大早也许我们会来一场飞车走壁。但没有,他们甚至都没有互相抚摸。只是在交谈。至少,他们之间的欢愉可以一直持续到中午,这就为怨恨,或者理智,甚至后悔打开了机会之门。而他们选择的是第一个。我母亲用一种平淡的口吻来表达她的怨恨。如下是第一句我完整听懂的句子:

"如果你没走入我的生活,约翰今天就还活着。"

克劳德思量片刻。"如果你没走入我的生活,也一样。"

在这两句添堵的话之后是一阵沉默。特鲁迪再度挑衅道:"是你让这一场场愚蠢的游戏变了性质,是你把那玩意带进这屋子。"

"是你让他喝下去的。"

"如果你没……"

"听着。亲爱的。"

179

这份亲昵多半是威吓。他深吸了口气，又陷入沉思。他知道他必须得体贴。然而，不带欲望的体贴和得不到肉体回报的承诺，他给不了。这让他如鲠在喉。"没事。这不是犯罪。我们做的没错。那姑娘不会乱说的。"

"多亏了我。"

"没错，多亏了你。死亡证明书，有了。遗嘱，有了。火化和各种配饰，没问题。宝宝和房屋出售，搞定……"

"但是四百五十万……"

"没问题的。以防事情变糟，还要得有个替补计划——好的。"

光看句式，会让人以为是我也是要被出售的。不过我一生下来就自由了。但也可能分文不值。

特鲁迪轻蔑地重复了一遍："四百五十万。"

"很快就能拿到。没问题。"

情人之间的你问我答，对他俩来说已经驾轻就熟。我并不是时刻都在听。她问："干吗这么急？"他答："怕事情生变。"她又问："我为什么得相信你？"他答："你别无选择。"

房屋出售的合同已经弄好了吗？她签字了吗？我不知道。有时候我打了个盹就没有听全。不过我不在意。我自己一无所有，财产不关我的事。摩天大楼呀，简陋茅房呀，居

180

于两者之间的所有桥梁和庙宇。你都留着吧。严格来说,我关心的只有出世之后的事,出生时在岩石上留下的蹄印,血淋淋的小羔羊向天空飘游。一直向上向上。没有气球的热气。带上我与你同行,扔掉镇重物。把我的自由,我的来世都交给我自己。给我人间天堂,哪怕是地狱也行,哪怕霉运缠身,我都能接受。我相信身后的人生,尽管我知道脱离现实的希望很难达成。不能永恒也行。活它个七十年?打包,我带走。至于希望——我听说最近有人为了追求死后的梦想而大开杀戒。今生捣乱,来世幸福。刚蓄胡子的年轻人皮肤细腻、泛着光泽,佩着长枪站在伏尔泰大道上,凝视着同时代的年轻人,这些年轻人漂亮的眼睛里充满怀疑。[①] 杀死这些无辜者的不是仇恨而是信念。信念是个饿鬼,即使在世界最温和的地方也备受敬畏。很久以前,某人宣称毫无依据的笃定是美德。如今,最文雅的人都这么说。我听到了周围教堂周日早上的广播。神算是欧洲品德最正直的灵魂,但它也到了日渐衰弱的时候,无神论者的理想世界里充满了科学之光,从十世纪到二十一世纪照亮了整个世界。他们在东方崛起,再次卷土重来,追求千禧年的梦想,教唆蹒跚学步的孩童

---

① 此处指的是 2015 年 11 月 13 日法国巴黎发生的系列恐怖袭击事件。其中有一名恐怖分子在伏尔泰大道引爆自杀炸弹后身亡。

割开泰迪熊的咽喉。我在这里，带着对未来人生的朴素信念。我知道这不仅是个广播节目。我所听到的种种声音不是，或者不只是在我脑海里。我相信属于我的时机一定会到来。我也品性正直。

整个上午无事发生。特鲁迪和克劳德略显尖刻的对话渐渐平息，终于让位于几小时的酣眠。醒来后她下床去冲澡。在温热水流的冲刷下，听着我母亲悦耳的哼唱声，我体会到一种难以名状的欢乐和激动。我难以控制自己，难以抑制心中的喜悦。是虚构的荷尔蒙在作祟？管它呢。我眼中的世界是金色的，尽管色彩的浓淡深浅只是个名称而已。我知道金色在色阶上接近黄色，不过黄色也只是个词。但金色听起来不错，我能感知它，体会它，温热的水像瀑布一样冲刷我的后脑勺。我不记得我曾经有过这样无忧无虑的快乐时光。我已经准备好了，我要来了，这世界一定会接住我，照料我，因为它无法拒绝我。我要喝杯中美酒，而不是胎盘；我要借着灯光读书，听巴赫的音乐，我要漫步海岸，在月光下接吻。目前我所学到的一切都说所有这些赏心乐事花费不多、唾手可得，就在前头。甚至当咆哮的水流停止，我们步入冷冷的空气中，我被特鲁迪的浴巾抖动得头晕眼花之时，我的脑海中依然有歌声缭绕。那是天使在合唱!

又是炎热的一天,又是浮动着香气,于是我梦见了母亲的印花棉布裙、昨天穿的凉鞋,没有香水味,是因为如果她用的是克劳德送她的香皂,那块香皂是栀子花和广藿香味的。她今天没编辫子,只是用了两个塑料玩意——我确信它们的颜色很鲜艳——把两侧的头发别在耳后。我们一起走下熟悉的楼梯时,我感觉我的情绪开始低落。刚才,我居然连续几分钟忘了我的父亲。我们走进整洁的厨房,厨房反常的一尘不染,是母亲前一天晚上对我父亲的祭奠。她准备的殡仪。音效变了,地板不会再把她的凉鞋粘住。就连苍蝇都飞到别的极乐之地去了。她走向咖啡机时,一定和我一样在想艾洛蒂这时候应该结束应讯了吧。警官们确认了,也可能是推翻了他们的第一印象。实际上,现在对我们来说,无论哪种情形都是真的。我们前方的道路看似分了岔,但它已经分岔了。无论如何,警察一定还会找上门来。

她伸手从橱柜里拿了一罐咖啡粉和滤纸,打开水龙头,装了一壶水,又拿了把勺子。大部分杯子是干净的,她摆好了其中两个。在这系列惯常的动作里,在这些日常用品碰撞桌面的声响中,我觉出了些伤感的意味。还有在她转身或微微弯曲我们笨重的身体时发出的轻叹也传达了这样一种感

183

觉。我已经明了，人生中许多事情会被遗忘，甚至就是正在发生的那些。大部分都如此。未受注意的当下渐渐离我们而去，平平无奇的思想轻柔地翻腾，存在的奇迹被长久忽视。当她不再二十八岁，不再怀胎，不再貌美，甚至不再拥有自由的时候，她不会记得她是怎么摆放勺子，不会想起勺子碰到石板的声音，不会记起今天穿的连衣裙，夹趾凉鞋的带子在脚趾间的触觉；不会记得夏日的温暖以及墙外这座城市的白噪声，不会想起关着的窗户旁突然传来的鸟鸣声。这一切都已烟消云散。

但今天很特别。如果她忘了现在，那是因为她的心思都在未来，即刻到来的未来。她在思考她不得不说的谎言，怎么才能让谎言严丝合缝，并且与克劳德的说辞一致。这让她压力重重，跟过去在考试前的感受一样。肚子一阵发凉，膝下有气无力，直想打哈欠。她必须记住自己要说的台词。记不住的代价是很高昂的，比学校里平时的任何测验都要重大。她可以试着想想儿时的一句抚慰人心的古话——其实谁也死不了。不过那不管用。我明白她的感受。我爱她。

现在我感觉很安全。我不能完全消除绝色美人应该依据另一套准则生活这种没用的想法。按照我对她的想象，这样一张脸庞，尤其应该得到尊重。监狱对她来说是一种凌

184

辱,有违人性。在我俩相依相偎的这一刻,怀恋之情已然升起。这是一笔财富,是记忆库中的珍宝。在这整洁的厨房,在这片阳光和宁静中,我完全地拥有了她,而克劳德则呼呼大睡了一个上午。我们应该亲密无间的,我和她,比爱人还要亲密。我们应该对彼此说些悄悄话。

说的或许是再见。

第十八章

中午刚过不久，电话铃响了，来电者做了自我介绍。克莱尔·阿利森总督察现在接手这起案子。电话那头的声音听上去很亲切，没有丝毫责备之意。那可能是个坏兆头。

我们又到了厨房。克劳德在打电话。另一只手端着他今天的第一杯咖啡。特鲁迪站在他边上，因此电话两头的声音，我们都能听到。案子？这词含义不妙。总督察？也无济于事。

我叔叔一副热情随和的样子，我却从中窥测到了他的不安。"哦，好的。好的！当然可以。请吧。"

阿利森总督察打算拜访我们。通常，是双方上警局去谈话。或者，合适的话，去做个陈述。但鉴于特鲁迪已到了怀孕晚期，家人也沉浸在悲痛之中，总督察和一名警官将在一小时之内到达。她想来实地看一看死者最后到过的地方。

最后这句话，在我听来无关痛痒、合情合理，却令克劳德

186

陷入了一种亢奋的状态,他一个劲地表示欢迎:"请来吧。太好了。来。请您多多包涵。等不及了。你们……"

她挂了电话。他转身面对我们,很可能脸色发白,悻悻道:"唉。"

特鲁迪不禁学起了他的样,说道:"一切……都好,是吗?"

"这算什么案子? 又不是刑事犯罪。"他向臆想的听众——长老会、评审团——吁求道。

"好恨啊,"我的母亲喃喃自语。或许,我倒觉得她是在对我讲。"好恨啊,我恨透了。"

"这应该是验尸官说了算。"克劳德从我们身旁走开,一脸愤愤不平,在厨房里拐了个弯,又走回我们面前,面带怒容。现在他开始向特鲁迪抱怨:"这不关警察的事。"

"哦,真的吗?"她说道,"那最好打电话给总督察,直接跟她说清楚。"

"那个写诗的女人。我就知道我们不能信任她。"

我们大概是明白了一些,我母亲直指艾洛蒂,这就是一个指控。

"你喜欢过她。"

"你说过她会有用的。"

187

"你喜欢过她。"

但这句面无表情的重复并没有激怒他。

"谁不会呢？谁会在意？"

"我会。"

我又一次问自己，我从他们的争吵中获得了什么。这可能会打垮他们。这样我就留住了特鲁迪。我曾听她说起过，在监狱里，尚在哺乳期的母亲日子会好过一些。可我却会失去与生俱来的权利，失去生而可有的梦想，失去我的自由。然而，如果他们像一个团队那样在一起，他们倒可能勉强过关，然后把我送走。没了母亲，但我却获得了自由。所以，何去何从？之前我曾碰到过这样的情形，总是回到同一个神圣的地方，那唯一的原则性抉择。我将冒着失去物质享受的风险，到更广阔的天地去碰碰运气。我被禁锢得太久了。我要为自由投上一票。这两个杀人凶手一定能逃脱。现在正是绝佳的时刻，趁有关艾洛蒂的争论还没吵得太凶，我得给母亲再踢上一脚，用我的存在这一值得关注的事实，让她不再将注意力放在鸡毛蒜皮的口角上。不是踢一次，也不是两次，而是所有古老传说中的那个神奇数字。三次，和彼得拒认①耶稣

---

① 在耶稣与门徒的最后的晚餐中，耶稣预言门徒彼得将在翌日鸡鸣之前会三次拒绝承认与耶稣的联系。

188

的次数一样。

"哦,哦,哦!"她几乎唱了起来。克劳德拉过一把椅子给她,还带来一杯水。

"你在出汗。"

"是啊,我很热。"

他试着开窗。这窗已有多年未开过了。他在冰箱里找冰块,冰格却空空如也,因为最近喝了三轮杜松子酒和汤力水。于是他坐到她对面,向她表示同情,想为她降温。

"一切都会好起来的。"

"不,不会的。"

他的沉默表示他也是这么想的。我酝酿着要踢上第四脚,可是特鲁迪的情绪很危险。也许她会发起攻击,并招致灾难般的回应。

停顿了一会,他语气温和地说道:"我们应该最后再过一遍。"

"要不请个律师吧?"

"现在有点晚了。"

"告诉他们没有律师我们绝不开口。"

"他们只是过来聊一聊,那样说不太好。"

"我恨这一套。"

"我们最后再过一遍吧。"

但他们没有。想到阿利森总督察即将到来,他们不禁茫然无措。到了这个时候,刚才所说的一个小时之内也许就只剩下几分钟了。而我知晓一切,几乎一切,我也参与了这场谋杀,显然我是安全的,免于审问,可我既忧心忡忡,又充满好奇,急不可待地想要见证督察的本事。一个有着开放思维的脑袋能立马将这两者剥离开来:特鲁迪因为紧张露了马脚,而克劳德则是因为愚蠢。

我在极力回忆那天上午父亲来访时用过的那些咖啡杯都放在了哪里。我现在想,那些还没洗过的杯子一定被转移到了厨房水槽边。只消一只杯子上的 DNA 就能证明我的母亲和叔叔说的是实话。丹麦菜的残羹剩汁一定就在附近。

"赶快。"克劳德最后说道,"我们过一遍。争吵是从哪里开始的?"

"在厨房。"

"错。从门口的台阶。为什么吵?"

"因为钱。"

"错。是因为他要赶你出去。他抑郁多久了?"

"好几年了。"

"是几个月。我借了他多少钱?"

190

"一千。"

"五千。天哪。特鲁迪。"

"我怀着孩子呢。怀孕会让人会变迟钝。"

"昨天你自己就这么说了。一切都和之前一样,加上抑郁症,去掉奶昔饮料,再加上争吵。"

"加上手套。去掉他要搬回来。"

"天哪,没错。再来一遍。他为什么抑郁?"

"我们。债务。工作。宝宝。"

"很好。"

他们又来了一遍。等到第三遍的时候,听上去好多了。我竟然希望他们成功,简直是同流合污了。

"来,那就说吧。"

"就按实际发生的。去掉奶昔饮料,加上争吵和手套,去掉抑郁症,加上他要搬回来。"

"错。该死!特鲁迪。按照之前的。加上抑郁症,去掉奶昔饮料,加上争吵,加上手套,去掉他要搬回来。"

门铃响了,他们吓呆了。

"告诉他们我们还没准备好。"

这是我母亲想出来的笑话,也或许是她恐惧的明证。

克劳德骂骂咧咧地走向可视电话,随即又改变主意,朝楼梯和前门走去。

我和特鲁迪焦虑地在厨房拖着脚转圈。她在小声梳理自己的陈述。一次次努力的记忆让她离真实的事件越来越远，这很有用。她是在记住自己的记忆。转录错误则会为她推波助澜。它们起先会是一个有利的缓冲，随后转变为事实真相。她还可以这样告诉自己——她没有买乙二醇，没有上贾德街，没有调制饮料，没有在车里安置东西，没有扔掉粉碎机。她清扫了厨房——这不犯法呀。她自己都信服了，她将从蓄意的诡辩中脱身，也许还大有希望。精妙的谎言出神入化，犹如高超的高尔夫挥杆技术。我听过体育解说。

我凝神分辨下楼的脚步声。阿利森总督察虽然职位高，但她骨骼轻盈，甚至像鸟儿一样轻。他们握了手。从警官那句低沉的"你好"中，我听出他就是昨天来的两位里年长的那一位。是什么挡了他的升官之路？阶级，教育，智商，丑闻——最后一桩，我想也许他得自己承担责任，并不需要我的同情。

这位机敏的总督察在餐桌旁坐了下来，并邀请我们一同落座，好像这房子是她的。我猜想，我想象母亲正在思考的是让她去糊弄一个男人或许会更容易些。阿利森打开一个文件夹，讲话时咔嗒咔嗒地反复按动圆珠笔的弹簧笔盖。她告诉我们,她要说的第一件事——说到这儿她停顿片刻,我确定她紧紧地盯着特鲁迪和克劳德的眼睛——是她感到非常遗憾,他们失去了亲爱的丈夫,亲爱的兄弟,亲爱的朋友。没有亲爱的父亲。又被排斥在外,我开始与那股熟悉的、逐渐升起的寒意作斗争。但她的声音很温暖,比她的身形要厚重,在公务的重负下显得相当轻松。她温和的考克尼①口音是城市风度的典型标记,不会被轻易挑战。我母亲那高度拘谨的元音挑战不了。没有可玩弄的老把戏了。历史滚滚向前。总有一天,大部分英国政治家都会像总督察那样讲话。我在想她是否有枪。她的级别太高了。就像女王不会自己带钱一样。朝人开枪是警官和下级的事。

阿利森解释道,这是一次非正式的谈话,好让她更全面地了解这次悲剧的始末。特鲁迪和克劳德没有义务回答她问题。可是她错了。他们觉得他们有。如果拒绝,那会引起怀疑。可是,如果总督察已领先一步,她或许会认为他们的配合就更可疑了。无事可瞒的人会要求请律师,以防警察犯错或非法闯入。

我们围坐在桌边,我发现总督察并没有客气地问起我的

---

① 特指伦敦东区以及当地民众使用的方言[即伦敦方言],也是伦敦的工人阶级中非常常见的口音。

情况,诸如预产期是什么时候?是男孩还是女孩?对此大为不满。

她倒是不想浪费一分一秒。"等我们谈完了,你们不妨带我四处看一看。"

与其说这是个要求,不如说是个声明。克劳德忙不迭地依从。"哦,好的。好的!"

一张搜查令就会令情况大不一样。可是在楼上,除了肮脏不堪,并没有丝毫令警察感兴趣的东西。

总督察问特鲁迪:"你丈夫是在昨天上午十点左右来这里的?"

"是的。"她泰然自若地回答,是克劳德学习的榜样。

"当时气氛紧张。"

"当然。"

"为什么说'当然'?"

"我和他弟弟一直住在约翰认为是属于他的房子里。"

"房子是谁的?"

"是婚房。"

"婚姻结束了?"

"是的。"

"介意我问问吗?他觉得结束了吗?"

194

特鲁迪犹豫了。答案的正确与否也许只在一念之间。

"他想要我回到他身边，可他也想要他的女性朋友们。"

"有知道的名字吗？"

"没有。"

"可他告诉过你她们的事情。"

"没有。"

"可你多少知道了些。"

"我当然知道了。"

特鲁迪刻意流露出一丝轻蔑。好像在说，我才是这里真正的女主人。可她忽略了克劳德的先前的指导。她若要说出事实，只能增加和省略先前讲好的那些。我听见叔叔在他的椅子里动了动。

阿利森毫不停顿地转换了话题。"你们喝了咖啡。"

"是的。"

"三个人都在。围着这张桌子？"

"三个人都在。"克劳德出声了，或许是在担心他的沉默会留下不好的印象。

"还有别的什么吗？"

"什么？"

"加在咖啡里的。你们还给他别的东西了吗？"

"没了。"我的母亲听上去相当谨慎。

"咖啡里有什么?"

"抱歉,我不懂你的意思。"

"牛奶? 糖?"

"他总是喝清咖啡。"她的脉搏开始加快。

可是克莱尔·阿利森不动声色。她转向克劳德。"你借过钱给他。"

"是的。"

"多少?"

"五千。"克劳德和特鲁迪几乎异口同声地答道。

"给的是支票?"

"是现金。他想要现金。"

"你有没有去过贾德街上的那家果汁吧?"

话音刚落,克劳德就回答道:"去过一两次吧。那个地方是约翰告诉我们的。"

"我想你昨天没在那儿吧。"

"没有。"

"你从来没向他借过那顶宽檐的黑帽子?"

"从来没有。我不喜欢那样的帽子。"

也许这是错误的回答,但没时间深究了。这一个个问题

196

增添了新的分量。特鲁迪的心跳越来越快。我不相信她还能说出话来。可她说了出来,哽着声音说的。

"是我送他的生日礼物。他很喜欢那顶帽子。"

此时总督察已转移到了其他话题上,不过她又转了回来。"这是我们在监控上能看到的他的所有画面了。把它送去做个 DNA 匹配吧。"

"我们还没给您倒茶或咖啡呢,"特鲁迪换了种口吻说。

总督察一定是把两样都回绝了,依然默不作声的警官则摇了摇头。"目前基本上就是这些了,"她用怀恋的语气说道,"科技呀还有电脑屏幕呀。呃,刚才说到哪儿了——哦,对了。当时气氛紧张。不过我在笔记上看到的是说当时大吵了一通。"

克劳德会和我一样在心中飞快地盘算着。帽子里将会发现他的头发。刚才这题的正确答案是"是的",他前不久借过那顶帽子。

"是的。"特鲁迪说,"很多次中的一次。"

"你是否介意告诉我——"

"他想让我搬出去。我说我到时候会自己走的。"

"他开车走的时候心情怎样?"

"不好。糟糕透顶。一塌糊涂。他不是真的想要我走。

197

他想要我回来。还千方百计要让我嫉妒,假装艾洛蒂是他的情人。她跟我们讲清楚了。他们没有恋爱。"

太详细了。她试图重掌控制权。可是说得太快了,她需要喘口气。

我们等待着,想知道克莱尔·阿利森下一步要采取什么行动,而她却默不作声。但她始终停留在这一点上,并十分小心地处理这个问题。"那不是我掌握的信息。"

现场一时死寂,仿佛声音本身都被扼杀了。特鲁迪似乎泄了气,连带地我周围的空间也缩紧了。她像老妪一样伛偻着背。我不由得有些为自己骄傲。我一直就抱有怀疑。而他们是那么急切地相信了艾洛蒂。现在他们知道了:温室里的花朵肯定开不长久。但我仍然应该保持警惕。总督察或许有她要撒谎的理由。她咔嗒咔嗒地按着圆珠笔,准备更换话题了。

我母亲轻声说道:"唉,我想我是被骗得更苦的那个人。"

"我很抱歉,凯恩克洛斯太太。可是我的来源很可靠。我们不妨这么说吧,这个年轻女人很复杂。"

从理论上推断,让特鲁迪作为受害的这一方并没有坏处,这能用来确证她丈夫不忠的事实。可是我惊呆了,我俩都惊呆了。就在总督察向母亲提出另一个问题时,我的父亲,这个不确定的因素,居然飞快地远离了我。特鲁迪回答这问题时,依旧轻声轻气的,像个受罚的小女孩似的,浑身颤抖。

"遭受过任何暴力?"

"没有。"

"威胁呢?"

"没有。"

"你们没有威胁他。"

"没有。"

"他患有抑郁症? 你们有什么能告诉我的?"

询问的口吻如此亲切,一定是个陷阱。可是特鲁迪没有停顿。她心烦意乱,编不出新的谎言,她被自己说的真相完全说服了,她用同样不靠谱的语言,诉说之前讲过的那些话。持续不断的精神痛苦……狠狠地斥责他所爱的人……拧碎源自他灵魂的诗篇……一幕鲜活的画面出现在我眼前:一队衣衫褴褛、精疲力竭的士兵正在列队前行。那是对一档播客节目泛黄的记忆,许多集讲述了拿破仑战争。当时我和母亲还算安逸自在。记得那时我在想,哦,那个波尼①还待在

---

① 英国人早先对拿破仑·波拿巴的蔑称。

自己的境内，继续为法兰西起草善法呢。

克劳德插嘴道："他是他自己最大的敌人。"

变化的声响告诉我，总督察已转过身，直直地看着他。
"除了他自己，还有别的敌人吗？"

她的语气谦和。往好里想，这不过是漫不经心的一问；
往坏里去，却是心怀叵测。

"我不知道。我们从来就不亲近。"

"告诉我，"她说道，现在她的声音更温暖了，"说说你们
一起度过的童年吧。假如你愿意的话。"

他说了。"我比他小三岁。他样样都行。体育强，学习
好，女孩喜欢。他觉得我是个无足轻重的脓包。我长大后，
做了唯一一件他办不到的事。赚钱。"

"房地产。"

"就是那回事。"

总督察回过身来，对着特鲁迪。"这房子现在要卖吗？"

"当然不卖。"

"可我听说之前是要卖的。"

特鲁迪不作答。她几分钟里下的第一步好棋。

我在想总督察是否穿着制服。她一定穿着。她那顶带
檐的警帽应该放在桌上，在她的手肘边，像只巨大的鸟喙。

我觉得她不具备哺乳动物的同情心。在我的想象中,她窄脸,薄唇,扣子扣得紧紧的,走路时必定像鸽子一般频频点头。那位警官认为她一丝不苟。她与他完全是两路人,注定会高升。她会飞黄腾达的。她要么已经确定约翰·凯恩克洛斯是死于自杀,要么她有理由相信一个几近临盆的孕妇是掩盖一桩罪行的绝佳幌子。总督察说的每句话,哪怕最微不足道的言辞,都可供人自由诠释。我们唯一的力量就是谋划。她也许和克劳德一样,或聪明或愚蠢或两者兼而有之。只是我们不知道。我们的一无所知则是她的一手好牌。我猜想,她有所怀疑,但并不确知。她的上司们都在观望。而她必定行事周密,因为这场对话不合常规,可能会损害正当的法律程序。她会取宜弃真。她的事业俨然就是她的蛋,她要坐在上面,温热它,然后等待。

　　但是在此之前我出过错。

第十九章

下一步怎么办？克莱尔·阿利森想四处看看。真是个糟糕的主意。但是我们都知道，眼下情况已不妙，允许她看又不让看，只会雪上加霜。警官率先走上木制楼梯，克劳德跟在后面，接着是总督察，最后是我和母亲。来到底层后，总督察说要是我们不介意，她想要上顶楼，再"由上往下工作"。特鲁迪不愿意再多爬楼梯了。其他人继续往上，而我们则走进客厅，坐下来思考。

我的思绪轻飘飘的，抢在他们前头，先去了书房。石膏粉尘，有一股死亡的气息，不过还算有序。楼上，卧室和卫生间混乱不堪，却又有些暧昧，床本身混杂着肉欲和断断续续的睡眠，地板上散落或堆积着特鲁迪丢弃的衣服。卫生间也是乱糟糟的，放着一堆无盖的瓶瓶罐罐、药膏和脏内衣。我想知道一双猜疑的眼睛会从这片杂乱中看出什么。道义上，那是不可能中立的。可以说，藐视事物、藐视秩序与整洁的人，必定也对法律、价值、生命本身嗤之以鼻。罪犯，不是紊乱的灵魂，又是什么？然而，卧室过于整洁或许也是可疑的。这位目光如知更鸟般明亮的总督察，只需一瞥便可了然于心。但是在意识思想层面之下，内心的反感或许会歪曲她的判断。

二楼上面还有房间，但我从未上去过。我的思绪回到了原地，像个恭顺的孩子，关照起母亲的状况。她的心率已趋平稳，看上去算是镇定。或许是听天由命了吧。她肿胀的膀胱压着我的脑袋，但她不想动。她正在盘算，也许是在思考他们的计划。可她应该问问自己她的好处在哪儿。与克劳德一刀两断，或用什么办法把他诓进去。两个人都去坐牢没任何意义。等克劳德进去以后，我和她就可以在这里受苦。她独自一人在这座大房子的时候，是不会想把我送走的。这样一来，我保证原谅她。或是日后再找她算账。

可是没时间筹划了。我听见他们下楼，经过敞开的客厅门，走向前门。总督察自然得向失去丈夫的妻子郑重道别才能离开。实际上，克劳德已经打开前门，给阿利森看他哥哥停车的地方，说那辆车是怎么没在一开始发动起来，说尽管吵了一架，但是在车发动起来倒进马路的时候，他们还是互相挥手告别。一堂讲真话的课。

随后克劳德和警察来到我们面前。

"特鲁迪——我能称呼你特鲁迪吗？这么糟糕的时候，你还这么肯帮忙，这么周到。我无法——"总督察打住话头，转移了注意力。"这些是你丈夫的吗？"

她注视着我父亲带来放在飘窗下的那几只纸箱子。母亲站了起来。如果有麻烦的话，她最好是倚仗她的身高。还有身宽。

"他正要搬回来呢。搬离肖迪奇。"

"我能看一下吗？"

"就几本书。不过你看吧。"

警官蹲下身打开箱子时倒抽了一口气。我得说，总督察此刻蹲坐在那儿，不再是只知更鸟，倒成了只大鸭子。我讨厌她是不对的。她就是法治，而我已把自己算作是霍布斯的拥趸了。国家必须垄断暴力。但总督察的举动——她翻查我父亲的私人物品、他最喜欢的书——让我有点恼火，她似乎是在自言自语，知道我们别无选择，只能老老实实听着。

"挨我。非常非常难过……就在快车道的岔道上……"

当然，这是场表演，是序幕。不出所料。她站着。我觉得她在注视特鲁迪。或许是在注视我。

"可是真正的谜团是这个。那个乙二醇的瓶子上连个指

204

纹都没有。杯子上什么都没有。刚才法医说的。没有丝毫痕迹。太奇怪了。"

"啊!"克劳德说道,可是特鲁迪打断了他。我应该警告她的。她不应该太心急。她解释得太快了。"手套。皮肤病。他为自己的手感到难为情。"

"啊,还有手套!"总督察叫道,"你说得没错。完全忘了!"她展开一张纸。"这副?"

我母亲走上前去看。那一定是张打印的照片。"是的。"

"没有别的手套吗?"

"没有跟这个一样的了。我以前总跟他说他不需要这个。没人会真的在意的。"

"一直都戴着?"

"那倒也不是。不过经常戴,尤其是情绪低落的时候。"

总督察准备走了,算是松了口气。我们跟着她出去,到了门厅。

"有件有趣的事。也是法医说的。早上通完电话,我就忘了一干二净。本来应该告诉你的。还有别的很多事情。紧急出警啦。地方犯罪高潮啦。话说回来,右手手套的食指和大拇指。你绝对猜不到。一窝小蜘蛛。有几十只。特鲁迪,你听到这个会很高兴的——宝宝们都很好。已经会

205

爬了!"

　　前门开了,也许是那位警官开的。总督察走到门外。她越走越远,她的声音越来越轻,渐渐融入隆隆的车声。"我一辈子都记不住那个拉丁学名。那只手套已经很久没有戴过了。"

　　警官将手搭在母亲的手臂上,终于开口,轻声道别。"明天早上再来。弄清楚最后几件事。"

第二十章

最终，这一刻降临在我们身上。得做出决定了，迫在眉睫、不可改变、自我毁灭的决定。但首先，特鲁迪需要单独待两分钟。我们奔向地下室，来到被幽默的苏格兰人称为克拉奇①的地方。在那儿，我脑壳上的压力一下子减轻了，我母亲也比正常所需时间多蹲了几秒钟，她在对自己叹气，而我的思路却清晰了起来。或者说是有了新的方向。我以为，为了我的自由着想，这两个杀人犯应该逃跑才对。也许这想法太狭隘，太自私。还有别的考虑。对我叔叔的恨大概超过了对我母亲的爱。惩罚他兴许比拯救她更崇高。但也有两者兼得的可能。

我们回到厨房时，我还在琢磨这几件事。警察离开之后，克劳德发现他需要一杯苏格兰威士忌。我们走进厨房，听见那诱惑力的倒酒声，特鲁迪觉得她也需要来一杯。一大杯。兑点水，水酒各半。默默地，我叔叔依从了。默默地，他们站在水池边,面面相觑。现在不是干杯的时候。他们在思考对方的失误,甚至是他们自己的。也许在决定该怎么做。这是他们害怕、也谋划过的不测事件。他们将酒一饮而尽,然后又一言不发地倒满一杯。我们的生活即将改变。阿利森总督察赫然出现在我们头顶,如同一个反复无常、面带微笑的神。我们不会知道她刚才为什么没有直接逮捕我们,为什么会放过我们,或许等我们知道时,为时已晚。暂时搁置案子,等待帽子上的 DNA 检验结果,然后结案?母亲和叔叔一定想到他们现在所做的任何选择都是阿利森总督察考虑过的,她在等着他们做出决定。同样有可能的是,他们现在这个神秘的计划,不曾在她脑海里出现过,这样他们便能先发制人,逃之夭夭。这倒是个大胆行动的绝佳理由。但现在,他们只想好好喝一杯。也许,无论他们做什么都在帮克莱尔·阿利森的忙,包括喝春麦威士忌这一插曲。但是,不,他们唯一的机会就是做出这个突破常规的选择——而且就在此时此刻。

特鲁迪举起手臂,阻止克劳德给她倒第三杯。克劳德倒是没有动摇。他在力求神志清醒。我们听着他倒酒——灵

① 意为厕所。

巧、缓慢——然后我们听着他下咽。熟悉的声音。他们大概在思量,怎样才能在为一个共同目标努力时避免争吵。远处传来警笛声,只是一辆救护车,但这警笛声让他们胆战心惊。天网恢恢,插翅难飞。这提醒了他们,因为她终于开口了,道出了显而易见的事实。

"糟糕。"母亲的声音低沉而沙哑。

"护照在哪儿?"

"我收好了。现金呢?"

"在我箱子里。"

但他们都没动,而且这不对称的你一言我一语——特鲁迪的回答躲躲闪闪——并没有惹怒我叔叔。母亲喝下的第一杯酒已经到达我这儿,而他在品咂他的第三杯。这酒虽然不能说满足了口腹之乐,但它来得正是时候,给人一种尚未开始便已结束的感觉。我想象一条老式的军用马路穿过一道寒冷的峡谷,能闻到一股湿石和泥炭的味道,金戈铁马的声音,在疏松的岩石上跋涉,不堪重负的极大不公。离朝南的斜坡很远的地方,山丘上覆盖着一层厚厚的紫色植被,周围还留下了层层叠叠淡靛蓝色的阴影,布满灰尘的花朵在其间盛放。我宁愿自己在那儿。但我承认——我人生中的这第一杯苏格兰威士忌释放了某些东西。一场严峻的解放——敞开的大门通向挣扎和恐惧,恐惧头脑里可能会冒出来的东西。这正是此刻我正在经历的。有人问我,我也在问自己,我现在最想要的是什么。任何我想要的东西。不必考虑现实的束缚。割断绳索,让思想放飞。我可以不假思索地回答——我要穿过这敞开的大门。

楼梯上传来脚步声。特鲁迪和克劳德惊慌失措地抬起头。难道总督察进了屋?还是贼偏偏挑了最糟糕的一个夜晚?这下楼的脚步缓慢、沉重。他们先看到一双黑色皮鞋,然后是系着皮带的腰,一件沾满呕吐物的衬衫,最后是一张带着恐怖表情的脸,既茫然空洞又意味深长。我父亲穿着他死去时穿的衣服,面无血色,已经腐烂的嘴唇呈黑绿色,眼睛细小而锐利。此时他站在楼梯最底下,比我们记忆中的他要高一些。他从太平间到这里来找我们,清楚地知道自己想要什么。我在瑟瑟发抖,因为母亲在抖。没有灵光闪烁,不是什么灵异的鬼魂。也不是幻觉。这是我有血有肉的父亲,约翰·凯恩克罗斯,就是他。母亲发出惊恐的呻吟,这一凄切之声诱使他向我们走来。

“约翰,”克劳德小心翼翼地说道,他提高了声调,仿佛这样就能把眼前的人影唤醒,让他化为虚无。“约翰,是我们。”

他似乎听懂了这句话。他就站在我们面前,呼出的气息里混合着甘醇的味道和蛆虫喜欢的肉味。他用他那双小而锐利，仿佛是由不朽的宝石构成的黑眼睛盯着我母亲，恶心的嘴唇动了动，但没发出声音。舌头的颜色比嘴唇更黑。他一直注视着她，突然伸出一只胳膊。他那只干瘦的手掐住了叔叔的脖子。母亲被吓得甚至叫不出声来。尽管如此，他那双僵化的眼睛仍然看着我母亲。这是他送她的礼物。这只无情的手掐得越来越紧。克劳德扑通一声跪倒在地，眼睛凸出，他的双手徒劳地拍打、拉扯着他哥哥的胳膊。只能听到一阵隐隐的吱吱声，像一只老鼠发出的可怜的声响，告诉我们他还活着。之后他就一命呜呼了。我的父亲自始至终没有看他一眼，现在他放开了他，将妻子拉向自己，把她拥入怀中。他的手臂像钢棍似的瘦削、有力。他将她的脸拉近，用冰冷、腐烂的嘴唇使劲地、长时间地吻她。她被恐惧、厌恶、羞耻击垮了。这一时刻将永远折磨她，直至死亡。之后，他漠然地放开了她，踏上回程。他在他走上楼梯的那当儿，已经开始消失了。

嗯，有人问我了。我也问我自己。那就是我想要的。一场孩子气的万圣节幻想。在俗世中，除此之外，该如何实施一场鬼魂的复仇？哥特族已被顺理成章地放逐，巫师逃离了荒野，而扰乱灵魂的物质至上主义是我唯一拥有的。收音机

211

里的一个声音曾经告诉我,等我们完全明白物质是什么的时候,我们的感觉就会好很多。对此我表示怀疑。我永远得不到我想要的。

我从幻想中回过神来,发现我们在卧室里。我记不起刚才上楼的情形。此刻,我能听到衣柜门发出的空洞的声响,衣架碰撞的当啷声,一只行李箱被提起来放到了床上,接着是另一只,然后就是锁被打开的吧嗒声。他们早就该把行李打包好的。总督察今晚可能还会再来。他们把这也叫作计划?我听到了咒骂声和咕哝声。

"哪里去了?刚才我把它放这儿的。就在我手上!"

他们在卧室里走来走去,打开抽屉,走进浴室,走出浴室。一只玻璃杯被特鲁迪掉到地上,摔得粉碎。她不在乎。收音机不知为何开着。克劳德坐在那儿,膝上放着手提电脑,嘟哝道:"九点的火车。出租车在路上。"

比起布鲁塞尔,我更喜欢巴黎。交通比较好。特鲁迪还在洗手间里,喃喃自语:"美元……欧元。"

他们说的每字每句,甚至发出的声响,都在营造一种别离的气氛,就像一段悲伤的和弦。一曲离歌;我们不会再回来。这座房子,我祖父的房子,这座我本该在里面长大的房子,即将淡出我的生活。我不会记得它了。我真希望能想出那些个没有引渡条约的国家来。这些国家大多苦不堪言,管理混乱,天气炎热。听说北京是逃亡者的好去处。一大帮说英语的恶棍居住在一个兴旺繁荣的村落里,而这村落就隐藏在人口密集的国际大都会中。一个不错的归宿。

"安眠药,止痛药。"克劳德喊道。

他的声音,还有这语调,催促着我。该当机立断了。他合上一个个箱子,系紧皮绳。相当利索。这些箱子一定已打包完一半。它们是老式的两轮而不是四轮箱。克劳德拎起箱子,把它们放到地板上。

特鲁迪问:"哪一个?"

我想她是举着两条围巾。克劳德嘟哝着做出了选择。这只是一种掩饰,假装一切如常。等他们上了火车,越过边境,他们的愧疚便会彰显无遗。只剩下一个小时,他们得快点了。特鲁迪说她想要的一件外套找不着了。克劳德劝她别带了。

"它很轻薄,"她说,"白色的那件。"

"穿着它,你会在人群中很出挑的。监控里很显眼。"

可是就在大本钟敲响八点,新闻开始播送的时候,她找到了它。他们没有停下来听新闻。还有最后几样东西需要收拾。在尼日利亚，火焰守护者当着孩童父母的面将其活活烧死。朝鲜发射了一枚火箭。世界海平面上升幅度超过预期。但这些都不是头条新闻。头条新闻要留给一场新的灾难。贫穷、战争以及气候变化，在这三者的共同影响下，成千上万的人背井离乡，古老的史诗有了新的样式。大规模的人口迁徙就像春天满溢的河水，愤怒、绝望或怀抱希望的人如同多瑙河、莱茵河和罗讷河，涌向边境，挤在铁丝网大门前，淹没在浩瀚的人群中，想要分得西方财富的一杯羹。正如新的陈词滥调所言，如果这是《圣经》里说的情形，那么海洋不是为他们而分开的，无论爱琴海还是英吉利海峡都不是。古老的欧罗巴在梦中辗转难眠，在怜悯和恐惧、施以援手和紧闭大门之间犹豫不决。她一会儿情绪激动、温和善良，一会儿却又铁石心肠、理智非常，她想要提供帮助，但又不想与人分享或是失去自己拥有的东西。

况且，在这紧要关头，总会有些问题。此时，家家户户的电视和收音机都在嗡嗡作响，人们都在忙乎自己的事。一对情侣已收拾好行装准备上路。行李箱已经合上，但这年轻女人还想带上她母亲的一帧照片。雕刻的相框又大又沉，很难装箱入包。没有合适的工具，墙上的相片取不下来，而这工具是一把特殊的钥匙，放在地下室里，在抽屉深处。出租车已在外面等候。五十五分钟后火车就要开了，车站很远，安检和通关可能还需要排队。男人把一只行李箱拎到楼梯平台，又折了回来，有点气喘吁吁。他本该用轮子的。

"我们绝对得走了。"

"我得带上那幅照片。"

"夹在你的手臂下面。"

但她有个手提包、一件白色外套要拿，一只行李箱要拖，还得带上我。

克劳德叹了口气，拎起第二只箱子出去了。他的这一不必要举动，是想告诉她时间紧迫。

"不会花你一分钟的。就在左手边抽屉的前面一角。"

他走了回来。"特鲁迪。我们得走了。赶快。"

他们的对话已从简明扼要变为尖酸刻薄。

"你帮我拿着。"

"别想。"

"克劳德。这是我母亲。"

"管她是谁。我们得走了。"

但他们没走。而我在经历了内心的千回百转，在判断错误、失去洞见、企图自我毁灭和冷漠忧伤之后，终于做出了决定。够了。我周围的羊膜囊是个半透明的丝囊，纯净、结实。

它还容纳了能保护我免受这个世界和这个世界的噩梦侵扰的液体。不能再等了。是时候加入这个世界，给种种结局画上句号。是时候该开始了。要把紧贴在我胸前的右手臂松开不是件容易的事，动一动手腕也很难。但我做到了。食指是我自己的特殊工具，能将我的母亲从相框中取下来。比预期的要早两周，我的指甲已这么长了。我第一次尝试划开一个切口。我的指甲虽然尖利，但很软，而纤维非常坚韧。进化自然有其规律。我摸了摸指甲划开的切口。有个地地道道的折痕，于是我一次次地划同样的地方，直到第五次，我才感受到微弱的变化，再来第六次，破裂了一点点。我在这个裂口里，成功地插入了我的指尖，我的手指，然后是两根手指，三根，四根，最后我的拳头猛击过去，穿过裂缝，紧接着羊水喷涌而出，那是生命源头的瀑布。我的液体保护层消失了。

　　我将永远不会知道那张照片后来如何或是九点钟的火车会有何着落。此时，克劳德在房间外的楼梯口。他一手拎着一只箱子，准备下楼。

　　母亲大叫了一声，听起来很失望。"噢，克劳德。"

　　"又怎么了？"

　　"我的羊水。破了！"

"过会儿再处理。先赶火车。"

他一定觉得这是个伎俩，是延续方才的争吵，是女人令人厌恶的麻烦事，他现在心急如焚，哪有时间理会。

我抖去身上的胎膜，这是我人生中第一次脱衣服。我笨手笨脚的。三维，好像太多了。我预见到这物质世界会是一个挑战。我脱去的罩衣依然缠在我的双膝周围。不管了。眼下还有新的事情要做。我不知道我是如何知道自己该怎么做的。这是个谜。有些知识我们生来就懂。就我而言，我天生就略知诗律。绝对不是一块白板。我将那同一只手伸向脸颊，顺着子宫壁滑了出去，找到了子宫颈。我的后脑勺被紧紧地压着。就在那儿，在通往世界的入口，我用小手指轻轻触摸，突然，像是有人念了咒语似的，我母亲的威力被激发了出来，我周围的一道道墙开始波动、颤抖，向我迫近。这是地震，是她的洞穴里的一场大动荡。我就像魔法师的学徒一样，起先恐惧万分，继而被一种释放的力量征服。我应该等到预定时间的。只有傻瓜才会去招惹这股力。远处传来母亲的大叫声。可能是求救，也可能是欣喜或痛苦的尖叫。然后，我感觉我的脑袋、我的头顶——膨胀了一厘米！没法回头了。

特鲁迪蜷缩在床上。克劳德站在门附近。母亲呼吸急促,既激动又害怕。

"开始了。太快了！叫救护车。"

他沉默了片刻,然后直截了当地问:"我的护照在哪?"

是我的错。我低估他了。我提前出来,是为了拉克劳德下水。我一直知道他是个麻烦,但我以为他爱我母亲,会陪伴着她。我突然开始理解母亲的坚毅。他在母亲的包里乱翻,硬币和睫毛膏盒子撞击发出叮叮当当的响声。母亲说道:"我藏起来了。藏在楼下。就是怕你会这样。"

他在思考。他是搞地产的,在加的夫①拥有一栋摩天高楼,知道怎么做生意,他说:"告诉我护照在哪儿,我就给你叫一辆救护车。然后我就走。"

她在密切观察自己的状态,在等待、期待又害怕下一次阵痛的到来。她小心翼翼地说道:"不。我进牢房,你也逃不了。"

"好。那就没救护车了。"

"我会自己叫。只要——"

比第一次更厉害的第二次宫缩过去了。她再一次不由自主地叫喊,整个身子蜷缩着,而克劳德穿过房间来到床边,

---

① 英国威尔士东南部港市,威尔士首府。

拔掉保险柜上的电话线。这时的我整个人被狠狠地压缩着，然后被提了起来，又吸了下去，一点一点离开我原来待着的那个地方。在我脑袋周围的那条钢铁般的带子正在收紧。我们三个人的命运一同坠入了一个无底洞。

阵痛慢慢减退，克劳德像一个边境官员，冷漠地问道："护照呢？"

她摇了摇头，等待呼吸正常。他们势均力敌，旗鼓相当。

母亲恢复过来，平静地说："那么你就得做助产士。"

"又不是我的孩子。"

"从来不会是助产士的孩子。"

她很害怕，但她可以下指令让他害怕。

"他出来的时候脸会朝下。你要把他抱起来，用两只手抱，轻一点，托着头，然后给我。同样要脸朝下，放在我胸前。靠近我心跳的地方。不用在意脐带。它会自己停止搏动，然后宝宝就会开始呼吸。你拿几条毛巾盖在他身上，别让它着凉。然后我们再等等。"

"等等？我的天。为了什么？"

"等胎盘出来。"

他是不是退缩了或是想吐，我不知道。他可能依旧琢磨着我们可以熬过这难关，然后搭上晚一点的那班火车。

我仔细听着,一心想搞清楚该怎么做。就躲在毛巾下面。呼吸。不发出声响。可是,它!当然了,是粉色或者蓝色!

"快去,去拿几条毛巾来。等会儿就乱了。用指甲刷和肥皂好好洗洗你的手。"

原本应该在逃亡的路上,现在没了护照,束手无策,他转身去了,去做吩咐他做的事。

就这样,阵痛持续着,一波接着一波,喊叫、哀号,想要痛苦快点停止的乞求。这一切无情地推进着,毫无仁慈可言。我慢慢前行,脐带在我身后一圈圈地解开。前行,然后出去。自然的无情之力想要将我压扁。我经过一个区域,我知道我叔叔的某个部分曾经太过频繁地在那儿反向行进。我并不为之烦恼。对他来说,那只是条阴道,而现在这是荣耀的产道,是我的巴拿马运河。我可比他雄伟多了,我是一艘宏伟壮观的基因之轮,满载着古老的讯息,悠悠前行,尽显尊贵。浅薄的鸡巴怎能与我相比。有一阵,我看不到,听不见,说不出,浑身上下都疼。但我那大喊大叫的母亲更痛苦,她像天底下所有母亲一样,为自己大脑袋、大嗓门的孩子做出了牺牲。

嘎吱一声,我急匆匆地滑了出来,赤条条地来到了这个王国。就像勇敢的科尔特斯①（我记得我父亲背诵过一首诗），我惊讶不已。我大惑不解地低头看着蓝色浴巾上的绒毛。蓝色。我一向来就知道它，至少知道这个词，我一直都可以推断蓝色是什么——海洋、天空、天青石、龙胆——仅仅是幻想的事物而已。现在我终于有了它，拥有了它，而它也拥有了我。比我大胆想象的还要华丽。而这只是光谱靛蓝端的起点。

我那忠心耿耿的脐带，那条未把我杀死的生命线，突然就寿终正寝了。我在呼吸。空气芬芳。在此，我要对新生儿作一番忠告：别哭哭啼啼，尽情环顾四周，感受周遭的空气。我在伦敦。空气新鲜。声音清脆，高亢嘹亮。颜色绚丽的毛巾令人想起伊朗那个让我父亲在黎明时分哭泣的戈哈尔沙德清真寺。母亲挪动了一下身子，我便转过头来。我瞥见了克劳德。他的身形比我想象的要小，窄肩、奸相。脸上那副让人恶心的表情，绝对没错。傍晚的阳光穿过一棵悬铃木在天花板上投射出一幅摇曳的图案。啊，我满心喜悦，终于可以伸直我的双腿了，还有我从床头柜上的闹钟得知他们永远也赶不上那班火车了。但我并不能久久地品味这一时刻。

① 埃尔南·科尔特斯(1485—1574)，西班牙殖民者，建立西班牙在墨西哥的殖民统治。

我柔弱的胸腔被一名杀人者的双手谨慎地牢牢抓住，我被放在另一位凶手的如雪一般柔软、惬意的肚子上。

她的心跳悠远、低沉，但很熟悉，像是一曲半生未听过的老歌。音乐的曲调舒缓，矜持的脚步把我带到了一个真正敞开的大门。我不能否认我心中的恐惧。但我已经筋疲力尽，如同失事船只上的一名海员终于幸运地登上了海滩。我在下坠，哪怕海水轻轻拍打着我的脚踝。

我和特鲁迪一定是打了一会儿盹。听到门铃响的时候，我不知道时间过了多久。这铃声是多么清脆啊。克劳德还在这儿，还在希望找到他的护照。他可能去楼下找过了。此刻，他向可视电话走去。他瞥了一眼屏幕，便转身离开。不可能有什么意外。

"他们有四个人，"他说道，更多的是在自言自语。

我们思忖了半晌。完了。不是好结局。从来不会是好结局。

母亲动了动我，我们彼此注视良久。这是我一直期盼的时刻。父亲说得对，这张脸很漂亮。头发颜色比我想象的要深，淡绿色的眼睛，脸颊因为刚刚使了劲，现在依旧泛着红晕，鼻子确实小小的。我想我在这张脸上看到了整个世界。

美丽。慈爱。残忍。我听见克劳德迈着无奈的脚步穿过房间,准备下楼。没有准备好说辞。哪怕在这静谧的时刻,我贪婪、长久地凝视母亲的眼睛时,我的脑子里还在想着正在屋外等候的出租车。简直是浪费。可以叫它开走了。与此同时,我也在想我们的牢房——希望不要太小——在那道沉重大门的另一边,磨损的台阶逐渐上升:起初是懊悔,继而是公正,随后是意味深长。其余则是一片混沌。

图书在版编目(CIP)数据

坚果壳/(英)伊恩·麦克尤恩(Ian McEwan)著;郭国良译.
—上海:上海译文出版社,2018.8
(麦克尤恩作品)
书名原文:Nutshell
ISBN 978-7-5327-7880-5

Ⅰ.①坚… Ⅱ.①伊… ②郭… Ⅲ.①长篇小说—英
国—现代 Ⅳ.①I561.45

中国版本图书馆 CIP 数据核字(2018)第 160726 号

图字号:09-2018-379 号

坚果壳
〔英〕伊恩·麦克尤恩 著 郭国良 译
责任编辑/宋 玲 装帧设计/储平工作室

上海译文出版社有限公司出版、发行
网址:www.yiwen.com.cn
200001 上海福建中路 193 号 www.ewen.co
江阴金马印刷有限公司印刷

开本 850×1168 1/32 印张 7.25 插页 5 字数 93,000
2018 年 8 月第 1 版 2018 年 8 月第 1 次印刷
印数:0,001—10,000 册

ISBN 978-7-5327-7880-5/I·4849
定价:46.00 元